曾被你爱过是我最美的记忆

阿琪 著

新世界出版社
NEW WORLD PRESS

图书在版编目（CIP）数据

曾被你爱过是我最美的记忆 / 阿琪著. -- 北京 :
新世界出版社，2015.4
ISBN 978-7-5104-5319-9

Ⅰ. ①曾… Ⅱ. ①阿… Ⅲ. ①随笔-作品集-中国-
当代 Ⅳ. ①I267.1

中国版本图书馆CIP数据核字(2015)第070195号

曾被你爱过是我最美的记忆

作　　者：阿琪
选题策划：麦田时光文化
封面设计：尚书堂
责任编辑：刘丽刚
责任印制：李一鸣　程国鑫
出版发行：新世界出版社
社　　址：北京西城区百万庄大街24号（100037）
发行部：（010）6899 5968　（010）6899 8705（传真）
总编室：（010）6899 5424　（010）6832 6679（传真）
http://www.nwp.cn
http://www.newworld-press.com
版权部：+8610 6899 6306
版权部电子信箱：frank@nwp.com.cn
印刷：北京市通州运河印刷厂
经销：新华书店
开本：787×1092　1/32
字数：150千字　印张：8.5
版次：2015年6月第1版　2015年6月第1次印刷
书号：ISBN 978-7-5104-5319-9
定价：32.00元

曾被你爱过是我最美的记忆

目录

第一辑　春已半

第二辑　夏至凉

第三辑　秋未霜

第四辑　冬有雪

第一辑　春已半

我们不想生活在一个爱情完全不可能存在的时空里，也不想生活在一个完全不相信爱情的人群里，眼巴巴地看着我们的灵性世界一天天地萎靡、收缩、干瘪、消解，终至虚无。

爱情的正反面

爱情和月亮一样，也是有正反面的。如此感触，不是空穴来风，也不是我无事生非。如同受了刺激，近几日我长吁短叹，心里充满徘徊不去的无边惆怅。

事情的起因，是我上月回乡探亲。往日的三五闺中女友，自然是要聚一聚的。离乡十年，我们的里里外外都已经有了岁月的痕迹。包括我们的笑容，我们的声音，都有不小的变化。

不过，她们仨在我面前，还是若有若无地心理占着优势。因为她们都已经结婚生子，自然比较从容。虽然其中一人已经离婚，但她的女儿聪明伶俐，正值豆蔻，明年就要升高中，然后是大学。她和女儿的未来是有指望的。虽然，受伤的她，对爱情与婚姻已经基本不抱希望。

于是，就又说到了爱情。一女友突然很正色地告诫我说："你呀，还是要相信感情的。爱情和任何灵魂的事情一样，信则有，不信则无。你还记得有个叫阿眉的女人吗？她的爱情是可以为你的爱情观做正面的见证的。"

我依稀想起，住在护城河东，紫藤花爬满墙头的四合小院里，那个犹如林妹妹一样弱不禁风的阿眉。她并不和我们同届，是我姐姐的同班同学。有时候会来找姐姐玩，姐姐也带我去过她家。她很美丽，家境也很优越。可是，大家看待她的时候，都有怜悯的意思。因为，她和林妹妹一样是先天的弱症，好像是心脏的问题。所以，大家都知道她活不长，不能结婚，即使结婚了也是不能要孩子的。

可是，她却嫁了，嫁得还很好。她的夫君是我们小城里很多女孩子都暗恋着的、有谦谦君子风度的一个男子。他与她是同事。所以，他和她的婚礼当时震惊了很多人。他的父亲因此与他断绝了父子关系。

"他们现在幸福吗？"

"当然啊。"女友说，"你真可以采访采访她呢，顺便取取经。她呀，与她老公结婚多少年了，还是新婚燕尔一般。虽然，他们没有要孩子，她老公后来下海做生意，比以前更有钱，可是，他们还是出双入对。牵着手在我们这个小城里散步的，惟独他们一对夫妻。据说，每天上床，她老公还是像新婚之夜那样，抱她上去的呢。三五日必有手写的情书，洒上法国香水，折成鸽子型，放在她的枕头底下。”

“那么，这些爱情圆满的细节都是阿眉自己告诉你的吗？”我问。我还是质疑的态度。

“是啊，可是，如果你与阿眉面对面的时候，你就一定会相信她的话的。她善良纯洁的眼睛，透明自然的笑容，告诉你，她真的是很幸福的。我经常去他们家，因为，她母亲与我母亲是老同学。我们两家是经常走动的。我从来没有看出她们母女有撒谎的破绽。相反，她母亲对这个女婿言必称好。她们有什么必要骗我们呢？又有哪个人能有本事一辈子圆一个大谎呢？所以，我是信的。”

我半信半疑。我没有必要让她们扫兴，就说：“我也信吧，伟大的爱情五百年出一个，风水轮流转。算她有福吧。”

第二日，我去探望姐姐。聊来聊去，就说到了她的同学阿眉。我很自然地说：“你怎么不向阿眉取取经呢，我每次回来，总是听你在抱怨谁谁谁的。”不料，姐姐笑道：“你知道什么！阿眉要是幸福，我就头倒立走给你看。”

我大惊：“怎么说？”

“他们没有离婚不假，是因为他老公不敢离，也离不起。阿眉身体弱，万一离婚受了刺激小命不保，他是不敢的。而且，他做生意的本钱还是丈母娘给的，从道义上说，他也是不能的。但是，他们之间或许达成了什么协议吧。她老公每个月大概有十天左右要出差。在邻近的一个城市里，他与一个年轻女孩同居，据说儿子都已经呱呱落地了。我有一次去那个城市的步行街买衣服，还就看到了他和那个小女生了。他认出我，我也认出了他，但是，我们心照不宣，假装没有看见就过去了。

“我相信，阿眉母女至少是知道这个秘密的。但是，她们既然不说，自然有她们不说的理由。因为，她们需要他。想要留住这个男人，似乎没有更好的方式。他对她的好，也许是真好，很可能是感激她的宽容吧。毕竟，他们是结发夫妻，旧情没有撕破，而且谁也不想撕破。但是，这种状态能维持多久呢，危险分子是那个涉世不深的小女生。她有了他的孩子，哪天不想委屈做二奶了，以儿子为利益中心一发飙，你说他会跟谁站一边呢?

“她哭的日子一定已经不远了。”

姐姐的语气里，多少有等着看好戏的意思。阿眉的幸福爱情，对她的身边人大概会是一个刺激吧。对婚姻不幸的人来说，尤其是一剂毒药呢。

但我恍惚。因为我不知道应该相信哪个版本。女友和姐姐，她们分别是这份爱情正反面的零距离的见证者。她们都坚信自己的眼睛所探寻到的真相。

那么，我呢？

爱情是否和月亮一样，有正反两面呢？也许吧。

昨天，到一个女诗人家去吃饺子。她还请了另一位男诗人。于是，喝着小酒闲聊。说到爱情，男诗人突然就自顾自地笑了起来。他说："最近国家博物馆下放了一些文物。我有一个朋友喜好这个，就花了大把银子，用大麻袋装了很多运回家，一件一件整理。呵呵。"他说，他居然就读到了某个著名文人嫖娼后请求领导饶恕的检讨书。

其实文人无行，大家也都知道。问题是，他和他妻子的爱情与婚姻，是被他的后人以及媒体追忆为世界之二的坚贞甜美的。名列第一的是英国那个不爱江山爱美人的温莎公爵。

但是，在爱情童话里的男人女人先后离世以后，男人的日记公开发表了。很多人读到了他们爱情的另一个面孔。有朋友在闲聊时轻描淡写地告诉了我日记里记录的一些细节，我好像刻意规避似的，并没有马上去搜寻那本泄露真相的日记，就好像一个美好的梦境不愿意被打破一样。有点能骗自己多久就愿意被骗多久的意思。

但是，居然有嫖娼后的检讨书。呵呵。好像是一道难题摆到了我的面前，需要我的内心必须对此做个评判似的。其实，没有人要求我，就是我自己在和自己较真儿。

我为什么要较真儿？又是为什么，他们的后人要撒这个弥天大谎？那么，媒体又在瞎咋呼什么呢？我郁郁寡欢地想了好几天，终于自以为想明白了一个道理。那就是，我们需要爱情童话。

即使爱情童话不能发生在我们自己身上，那么，发生在我们的身边也是好的。我们脆弱的内心，非常需要爱情童话发散出来的荧光，来照亮和激励我们日益黯淡的、平庸的生活。因为我们要活下去。

我们不想生活在一个爱情完全不可能存在的时空里，也不想生活在一个完全不相信爱情的人群里，眼巴巴地看着我们的灵性世界一天天地萎靡、收缩、干瘪、消解，终至虚无。

至于男人的日记，还有他嫖娼后的检讨书又能说明什么呢？我想，并不能因此就说明伟大爱情的不存在。只能说明即使在爱情的乐园里，人性的弱点也会影响爱情品质的纯粹。

就像月有阴晴圆缺。当爱情有时候背过脸去哭泣的时候，爱情依然存在。

假如有点爱

我的芳邻，阿朵，也是一个单身女。她有个著名的“三一理论”。她和男人谈婚论嫁的条件很简单，就是房一间，银一千，还有一个什么一，我居然忘了。房一间是好理解的。鸟都要在树上搭个巢，何况人乎？

那么，银一千呢，如何理解？

阿朵的意思是，她要嫁的男人，居家过日子，每月的开销之外，他必须有能力另给她一千元的零花钱，或者叫脂粉钱。我问她为什么，她说：“难道我为这个家庭付出的心力还不如一个保姆吗？何况作为妻子，我还得尽妇道，举案齐眉不说，厅堂厨房之外，还得在床第之间婉转承欢，我累不累啊。”

她的理论自然遭到了所有男人的反对，甚至取笑。

阿朵有过婚姻。她享受过爱情，也被婚姻拖累过。七年的婚姻里，她把自己从一个娇嫩的小女孩，变成了一个煎炒烹煮样样在行的妇人，所谓下得了厨房，上得了厅堂。她经受了最为深刻持久的家庭主妇的职业训练。而且，她还怀孕了三次，流产了三次。因为，老公说，他只想过二人世界。

然后呢，有一天，她老公又对她说："我们离婚吧。"她惊诧地看着他，一定要他说出为什么，所谓离婚的理由。她说："我会改，只要你说出来。"男人被她拖得没有办法，就说："因为，你老了。"

她闻听，失语。三日后，她和他办了离婚手续。房子是他单位的，钱也是他管的。所以，她几乎是净身出户，像个被用旧了的全职保姆，挽了一个布包裹，就被扫地出门了。

在离婚后的六年里，她每每想到往日的种种，就忍不住怒气冲天。她觉得自己其实还不如隔壁老宋家的保姆。那个凌阿姨在老宋家里，每天也都忙忙碌碌的，她手脚勤快、爱干净，人也良善，所以，老宋家的上上下下对她敬重有加，有什么额外的要求，比如家里要请客什么的，都是事先与她商量着来。像家人一样，同桌吃饭。主人每年都给她涨工资，逢年过节还有奖金拿。

当凌阿姨因为乡下的儿子生了孙子要回老家，向雇主辞工时，她已经白白胖胖的，口袋里的存折也是满满的。她几乎没有花去一分钱，吃、穿、用都是花雇主的。最重要的是老宋一家人尊重她，他们夫妻之间还有吵架，管教儿子有时还用暴力，可是，对保姆却是以最好的修养、最好的风度相待。永远是和颜悦色的，因为，这符合他们有文化、有知识、有见识的人的身份。

可是，阿朵呢，七年了，为了她这个小家庭，她付出的心力，难道不如一个凌阿姨吗？她得到了什么呢？除了心理、生理、精神上的伤害，她什么也没有得到。新婚半年的日子是美好的，因为这美好，阿朵忍辱负重了七年。恍如南柯一梦，比南柯一梦更加可怕的是，她不是好梦醒来，而是在梦里被抢劫了。她发现自己已经一无所有。

独居六年后，阿朵还是想再结婚。因为没有孩子，而眼看着自己就老了。所以，她想有个伴。而且，她对婚姻的期待已经很低了。就是所谓的“三一理论”。可是，即使如此，她还是碰壁。她发现，在婚姻市场上，男人们是如此地如鱼得水。从网上或者婚介所认识的男子，见面若干次以后就很理直气壮地向她求欢。是求欢，而不是求婚。

她前后分别试着与其中一两个她认为还过得去的男人建立了亲密关系。得出的结论是，他们对婚姻的期待值是，一个经济基础独立，也就是说自带工资来上班的全职保姆。这个保姆除了自带工资不花他的钱之外，还要性情温和、心胸宽大，要忍受他们偶尔的拈花惹草。呵呵。

而她的“三一理论”的出炉，其实也是有来由的。那天，她陪一个刚刚认识不久的男士去家政公司找保姆。那个男人选了几个，都不是太满意。他觉得自己开出的条件已经不错了，月薪数千元，有单独一间房给保姆住，还可以有双休日，年假探亲回老家的话，还可以报销车旅费。感冒发烧什么的，他给医药费。而且，他自认为是个文化人，不是很老，离婚了孩子也不在身边，身体比较健康。他经常有饭局，不在家吃饭，也很少在家请客。衣服换洗不是很勤，卫生一个星期打扫一次基本也就够了，因为人少，不会很杂乱。家里的电视以及书籍什么的，在保姆有兴趣又不耽误工作的情况下可以随便看。

他在那里翻看保姆资料，阿朵在一旁心里嘀咕。她想：我还不如在这家保姆公司登记注册呢。找个好人家，男主人单身、有修养、不穷、不拖欠工资。万一看他顺眼，有情绪的时候，偶而提供一两次性服务，估计还有额外的补助。因为不是他老婆，我想的时候就要，不想的时候他也不能强迫我。我感觉好就留下来，留多长时间随我自己的心情。感觉不好，随时可以另找东家，多好呀。我对一个丈夫的要求，也基本上就是如此了。

于是，从保姆公司出来，阿朵就半开玩笑半认真地对他说："要不，我到你们家做保姆吧，你看还行不？"

男人看着她说："除了保姆能做的之外，我还想要点爱。你能给吗？"

阿朵在瞬间有点感动。但是，马上她打了一个寒颤。经验在提醒她，不要再被以爱的名义之下的东西伤害。那是不现实的，是致命的。

所以，她沉吟良久，说："我不是很明白，你说的爱是什么？但以我的经验来理解，其实你是希望我带着工资来上班，在做一切保姆应该做能够做的事之外，我也无偿为你提供保姆不能或者不愿做的事，还必须是心甘情愿的，毫无怨言的？就像我以前含辛茹苦伺候了我前夫那七年是吧？你还可以有权利随意伤害我的感情和身体，因为如果我是你的妻子，我就有义务承担这一切是吗？如果是这样的，我还是希望只是你家的保姆。我还有人权保障、有劳动法保护、有上下班时间、有节假日。做一个付出时间与劳动得到相应回报的劳动者，我感觉比做一个所谓的妻子要来得靠谱。你以为呢？"

男人一直耐心地等她说完，眼睛里满是怜悯。他说：“阿朵，我真的不知道你在过去的婚姻生活里都经历了些什么。但是，我还是要说，我娶一个女人回家，是因为，我还是想要点爱。你能给吗？”

成为你自己

苏姗•桑塔格是美国声名卓著的新知识分子。她文字的犀利和深远，我一直没有能力体会。对我来说，她实在是太深刻了，因而显得有些艰涩。一直到昨天下午，我读到了她的剧本《床上的爱丽斯》，才松了一口气。因为，我觉得，这一次，我终于读懂她了。

其实，这个感觉与她的剧本本身并没有多大的干系。是她题注里的一句话，让我如饮醍醐。她谈到英国的伍尔芙曾经向全人类发问的那个经典问题：假如，莎士比亚有个妹妹，一个才华与天赋与之相当的妹妹，她的命运将会怎样？

桑塔格认为，如果莎士比亚真有一个才华与天赋与之相当的妹妹，她很有可能或者说她注定会被湮没与覆盖。因为，对女性的种种要求，诸如妩媚动人、耐心体贴、相夫教子、贤惠温顺、敏感多情、三从四德等等，所有这些，都必定是与发挥巨大的创造性天赋所必需的自我、积极进取，以及对个体的漠不关心相抵牾，甚至格格不入的。

当然，莎士比亚并没有一个如此聪明的妹妹。而桑塔格本人，在经历了短暂的婚姻以后，一直单身过日子。她听从心灵深处理性的召唤，集合了一切她所能拥有和借助的力量，努力成为她自己，而且，她也终于成为了她自己。

我相信，她的成功与死亡也让她的朋友和敌人终于松了一口气。在别人的眼里，她必定也是一个以自我为中心的、自私的女人。因为，她甚至都没有时间与精力打点她自己，哪里还有余力去照顾朋友以及敌人的情绪呢。说实话，朋友和敌人是一样难伺候的。而且，朋友和敌人的界限有时候很模糊，像风一样摇摆，像流言一样乱窜。

因为，对付她自己，就已经够她挣扎的了。从自己的灵魂里开出花来是难的。在众人的智力能够抵达的地方，再往前走半步，更是难的。而作为一个学者，一个有良心的知识分子，一个作家，她每天要做的就是这勉为其难的半步。

还好，她碰巧生活在一个相对来说还是比较崇尚文明比较尊重知识分子的地方。仅靠版税就可以让她生活得很体面。她的衣食住行，还都很像个样子。作为女性，她的举手投足还是可以优雅的、从容的，而不是乖戾的、狼狈的。

可是，在我所知道的女性艺术家群体里，萧红的命运可能更有代表性。一个饱受人生苦难，终于被人生的苦难压瘪、榨枯了的典型。她和萧军同居期间，每天首先要做的是点炉子做饭、无止尽的家务，然后是帮夫君誊写稿子，最后，她如果还有力气的话，就写自己的文章。其间，她怀孕与流产，迁徙与逃难。她时时刻刻挣扎斗争的对象，不只是对她有救命之恩却十分男权的萧军，还有她身为女人的自己，必须面对社会的、家庭的责任与义务以及特定时代对女人的种种苛求。

我的一个芳邻，一个离婚的单身女人，一个获过国际大奖的女导演，在谈到她女儿的将来时，她说："我已经无数次地告诫她，要她对前程不要有太多的妄想。"她对女儿全部的期待，就是希望女儿成为一个开开心心、轻轻松松的小女人。有一个简单体面的职业，能够养活自己就行。然后，在该出嫁的时候出嫁了，衣食无忧，每天下班回家来，像猫一样赖在沙发上吃吃零食、看看电视。而绝不能步她的后尘。她内心挣扎的最后，是她的精神世界的二次崩溃与分裂。还好，她最后把自己找了回来。她现在终于可以松一口气了。她功成名就，她也成为了她想要的自己。但是，她已经很明白，这是一步险棋，一步如履薄冰的险棋。

我是生存主义者

有女友在三联书店开讲座，讲座完了之后，一群人到对面胡同里的一家京味餐馆吃饭，吃到酣畅时，有男人摸出烟来，问：“有人想抽烟吗？”我看他的神情，分明有点愧意，因为在开着空调的小房间里抽烟，无疑是不适宜的。但是，他的烟瘾上来了。他必须抽。他自顾自地说着，烟就已经抽上了。

我笑道：“也许你应该这样问，有谁反对抽烟吗？”

举座大笑。抽烟的男人就说：“阿琪是女性主义者啊。”我立即反唇：“我不是女性主义者，我是生存主义者。比如，刚才只有抽烟的人与不抽烟的人两个立场，而不是分男人和女人。”

这个话，别人认为我是俏皮，其实，是很多情境下我的反思。当我们反抗某件事情，而反抗的对象恰巧是一个男性的时候，别人就会条件反射一般，立即把你归类到女性主义。一贴上女性主义的标签，似乎就有站在女性立场上“寻衅闹事”之嫌。比如，家庭暴力。我们反抗的是暴力的一方。这种暴力可能来自于男性，也完全有可能来自女性。所谓“对事不对人”。但是，女性通常是家庭暴力的受害一方，所以，只要一说反抗家庭暴力，立即就有人皱眉头，不高兴。

所以，在生活里，很多时候我这个坚定的生存主义者，不得不同时是一个软弱的女性主义者。比如，我听说，某高校在招收女生时，内部有规定，女生的比例不得超过百分之三十。理由是学校的终极考核项目中，有一项是就业率。如果最终毕业班的女生找不到工作，学校是要因此而蒙羞的，并且在考核中处于不合格的位置。而学校老师的奖金也都要受影响。这是不言而喻的。

我当时的反应，就很女性主义了。虽然我并没有女儿要升学，以后也未必有。但是，我却有切肤的疼痛感，就因为我身为女性。如果女性受教育的机会被限制，女性整体的素质提升与创造力的进步当然也就会滞后。起跑线原就比男性低很多的女性，实在是忍辱负重啊。

又比如，我经常被男性指责为保守，甚至自恋。

起因是对性的态度。男人说："你怎么谈性色变呢。保护自己是天性，我们男人也不例外的。但是，性其实也就是左手握右手的问题，性器官与任何器官一样，完全不需要搞得很神秘，甚至很神圣，设置很多的禁区。性有时候，未必一定要和爱联系在一起。有爱之性，固然好，可是，无爱之性就一定不好吗？身体愉悦了，血脉也酣畅了，就比什么都好。"

以上的论调，为了避嫌，怕别人说我们是女性主义，不过多深究的话，也没有什么。纸上谈兵，总是好说的。可是，当讨论到一些具体事件的时候，分歧就很明显了。我谈到我有一个女友，与男友幽会。她因为男友没有准备安全套而拒绝做爱。最后，两人不欢而散。一个男人听了后立即瞪大了眼睛，说："真有这么多的艾滋恐惧症患者吗？其实，除了艾滋，其他的性病医学上都不是问题了，几乎都有药物可治的。即使事后吃药，也不是一件了不得的大事。如此教条的女人，男人肯定是会避之惟恐不及的。她实在太爱自己了。说实话，我是拒绝和橡胶做爱的。而且，我相信，中国男人中持我的观点的，大有人在。"

我一时语塞，这个男人是一个饱学之士，在业内受人尊敬。面对面谈起性的问题，也纯属偶然。我突然就想起了前不久，在南方一家报纸上读到的文章。文章说的是法国十九世纪最耀眼的三位文学家：都德、福楼拜、莫泊桑，都死于梅毒。所谓做鬼也风流。都德的《最后一课》对中国学生来说，是何等的深入人心。哪里想得到，他居然死得如此不体面。

所以，我拿了鸡毛当令箭，我说："以你的论调做考据，中国男人恐怕都要补上这最后一课：性道德课程。"

对面的男人立即反唇相讥："那是因为都德时代，还没有发明青霉素，是科学家之过，而不是都德他们之错。难道他们死于肺结核，而不是死于梅毒，灵魂就更高尚一些吗？"

我再次语噤，说不出话来。因为如果要说，说出来的也都是一些性道德课程中的初级教程。比如，对身体的尊重。"连猪都知道，凡是与身体有关的，都要有一个尺度。"这是性学大师福科的话。他的厚厚的著作里，我记得最清楚的就是这句话了。再比如，是药三分毒。所有的药物，尤其是各类避孕药，都对女性身体的内循环系统产生影响。我身边在婚姻中的几个女友，都常年服用避孕药。她们的老公都是不喜欢和橡胶做爱的男人。而且，她们几乎无一例外是贤妻良母，比起自己的身心健康来说，更在意自己男人的快感。

还有，如果谁把性器官当作左手右手，把一次性爱只当作一次性交，是类似伸出他的左手握紧你的右手，无论他是男人，还是女人，在我眼里，他几乎就不具备任何性魅力。我不排除自己有唯美主义倾向，但客观地说，我是从生存主义的角度考量的。无论是从身体的角度，还是文化的角度，女性都是弱势的。

闲聊中，我知道他有一个读中学的女儿。我如获至宝，再次拿了鸡毛当令箭。我问对面的男人："那你是如何对女儿进行性教育的呢？如果中国男人真的百分之九十九都如你一样的性观念，你不担心她吗？不每天忧心如焚？"

然后，我静心屏息地等待他的答案。良久，他看着我，很从容很坦诚，笑得很坏，说："我宁愿她在情感与性爱的历程中，受点小伤小害，我也不希望她如你，防卫过当，以至于到现在也没有嫁出去。"

或者有趣，或者知趣

周边有趣的男人不多，有趣的女人就更少。然而，阿美却是一个极其有趣的女人。饭桌上有了她，一顿饭可以从傍晚一直延伸到午夜，欢声笑语不断。她的有趣来自她的博学、她的真性情以及她的“无耻”。

说她无耻当然是夸张的，是文学的说法。就像法国女作家杜拉斯被她的女朋友在传记里，骂脸皮厚得让人吃惊。甚至有人觉得她很可恶。因为，她到别人家吃饭，总是两手空空。但是，她的女朋友还是非常爱她。因为，那些晚上，因为杜拉斯的在场，气氛永远是热烈的、欢快的、令人难忘的。她不让任何时刻虚度。“人们说她吝啬，其实她是以别的方式付出。”

而阿美也是一个被朋友们指责为吝啬的女人。

因为，她也从来不买单。到别人家吃饭，她也是两手空空，觍着一张笑脸就去了。她也从来不给谁电话，她想要和谁联系，会发一条短信过来，说："我有要事，你立即电话我。"等等。更为可恶的是，以前她有车的时候，别人请她吃饭看戏什么的，她还要巧言令色地让别人绕远路去接她，去送她。

后来，不知道为什么，她混得不如以前了，车也卖了，房子也没有了。但是，她依然很快活。她甚至得意洋洋地告诫我说："你有房有车，所以，你到头来只能嫁给一个无房无车的男人。而我呢，一个无房无车的女人，就要嫁给一个有房有车的男人了。"

这话气得人心里直哆嗦，可是，我却相信她是有如此能量的。在她，一切皆有可能。一个高兴起来就可以蹦到饭桌上跳忠字舞的女人；一个愤怒的时候，可以马上变脸骂你娘恨你爹的女人；一个可以拿自己的最痛与最敏感处来调侃取悦别人的女人，我一直相信她的能量是无限的。

有一次，我亲眼见到她如何取悦某个男人。她的筷子不知道怎么就掉在了地上，也许是无意的，也许是故意的。然后，她让所有人目瞪口呆的是，她迅速地取过她对面的那个男子已经用过的筷子，夹了菜往嘴里送。餐厅服务员送来的干净的新筷子就给了那个男人。那个男人脸唰地就红了。显然，他的脸皮没有阿美厚，他还不习惯一个女人如此与他调情。

阿美还有本事从来不真正得罪任何人。即使她不喜欢的人，她也有办法让别人喜欢她。到什么山头唱什么歌，而且，她还保证每个山头的歌都唱得宛转动听。她不见得想什么就会有什么。但是，至少她永远不缺少朋友、不缺少饭局、不缺少惦记她的男人和女人。过了一段时间，就有人主动电话她："阿美啊，忙什么呢？把咱哥们儿忘了吧。出来一起吃饭吧。"

阿美最近半年一门心思想结婚。所以，她说，她每天不是在相亲就是在去相亲的路上。她有著名的"三三理论"。对想要与她结为百年之好的男人，她要求他"三不"：不丑、不恶、不穷。她又如何推销自己呢，她说自己"三有"：有才、有情、有趣。她很清楚自己要什么，自己有什么。

她尤其知道，"有趣"是她拥有的最大的资本与能量，也是她最大的武器。

所以，我也经常想到阿美，有饭局的时候喜欢带上她。理由是，她比我有趣。有她在，宾主皆欢。我不是一个有趣的人，我的有趣除我之外没有几个人知道。所以，我很明白，我在别人眼里是个无趣的人。永远是一个发型，永远是人多的地方不去，去了也不说话，一说话就说错，让别人不痛快也让自己不痛快的，应该守在自己家里不出门的的女人。但是，我想，我至少还懂得知趣、识趣。一个女人如果不能让自己变得有趣，那么，至少她要自己知趣、识趣。我想。

何为知趣、识趣？因为我是一个阅读旅程远远多于生活旅程的人。所以，我想列举的经典的例子还都在文学作品里。一个最不识趣的男人，我在初中的阅读冒险里就遇上了他，知道了他，多少年过去了，我还清楚地记得当时毛姆的这篇小说是多么让我震惊。我甚至不记得毛姆的这个短篇小说的题目是什么。只记得情节是这样的：

英国有一家贵族有钱而有趣，夫妻二人最喜欢在家里招待客人。有一天他们家里来了一位二十出头的小男生。他们盛情款待了他，把他介绍给他们的朋友。几天后，宾客们陆续告辞了，夫妻二人殷勤挽留。客人都婉拒了，乘兴而来，尽兴而归，或者奔向另一个寻欢作乐的驿站。那个小男生最后也要走了。主人言语灼灼地挽留说："哎呀，怎么你也要走呢，大家都抛弃我们了，难道你也要和他们一起抛弃我们吗？"

小男生就很为难。他留了下来。如是，一再，二再，三再。小男生其实很想走，他都快哭出来了。可是，主人还是摆出好客的样子虚语挽留。他觉得主人对他这么好，他怎么可以忤逆他们呢？他就一次一次地"被迫"留了下来。

而其实，夫妻二人每次出门散步的时候，都在悄声嘀咕，说最好今天我们回家的时候，他已经走了。如此不知趣的客人，他们也已经忍无可忍了。那天，他们回家，仆人惊恐万分地告诉他们，那个小男生走了。夫妻大喜。

可是，仆人说，他在自己的卧房里上吊自杀了。

我想这样的事情不会真的发生。但是，那个小男生真的是如何如何地不知趣啊！

我见识过的最最知趣的女人，是红楼梦里的林妹妹。她刚进贾府的时候，也就豆蔻年华。可是，她很明白自己从此要寄人篱下的身份。她告诫自己不多说一句话，不多走一步路。进府的当天晚上吃饭，她以眼角扫视众姐妹的一举一动，别人以茶漱口，她也跟着漱口，别人银盆洗手，她也跟着洗手，行为举止有意比别人慢半拍，为的是怕自己行为孟浪，被别人耻笑了去。

而她最为知趣的细节，是她的死。当她知道心爱的宝玉就要和宝姐姐结婚的时候，她不吃不喝，晚上也故意不盖被子让自己受凉，实施她慢性自杀的计划。因为，她知道，既然宝哥哥要娶宝姐姐了，她留在大观园里是很无趣的。所以，她就焚毁诗稿，一点不留痕迹地走了。临走，还叫了一声：宝玉，你好……

过度交流是一种病

过度交流是一种病，此妙语不是我的原创。说此话的人，后来躲到偏远的村子里，比较沉默。因为，他与山、树、溪、牛、羊、猪、狗、鸡、鸭面面相觑，只需心语。后来，渐入佳境，与扶锄的老农，抓知了的儿童玩耍时，也只有几个简单的语气词。他觉得自己是彻底放轻松了。

意识到过度交流是一种病，而且我还病得不轻，是最近一段时间的事情。因为，我发现，身边原来无话不谈的朋友，陆陆续续走了一拨。男性朋友也好，女性朋友也好，不知怎么了，渐行渐远，有的只望得见模糊的背影了。

曾经的灯下长谈，月下散步，心心相印的感觉，恍惚如隔世。就像美好的豆蔻时光，一去不复返了。是谁先转身走了呢？有时候是你，有时候是他，有时候是我。也有的时候是各自转身了，走了。有回头的，不回头的多。偶尔的回眸，感伤的情绪飘浮其中。

其实，如果只是鸿爪雪泥了无痕，从此相忘于江湖，还算是好的。我一直记得曾经听过的一则对我来说可算是惊心动魄的故事。那是一个秋高气爽的好日子，我和一个女友坐在亚运村附近的一个街心花园的绿草坪上聊天谈心。她出身名校，她们同宿舍的八个女生毕业三年后小聚，相谈甚欢。可是，过了半年，女友找其中的一个女生想谈点事情，却发现她留下的电话号码和电子信箱都是错误的。女友一惊，以为是偶然的笔误，但追问了其他六个女生之后，才知道她是有意为之的。她由此表达了她的态度，一种拒绝的态度，挥一挥衣袖，不带走一片云彩的，扬长而去的决绝。

我的女友说她当时内心感觉很受伤害。因为，那个女生曾经与她上下铺，她们一直好得像一对双生女一样。冬天的毛衣，夏天的裙子，经常是互相换着穿的。还有那些长廊下的窃窃私语，相互见证的痛苦而甜蜜的初恋全过程，等等。本科四年里，她们分享与分担了多少共同成长的经验与错误啊。可是，就像男女之间的感情一样，高峰体验之后，滑坡的感觉是无可奈何的一日千里。

而所有的问题，就是彼此了解得太深了。当有一方想洗心革面、重新做人的时候，她一定很不喜欢身边有非常了解她的人在碍事。或者呢，你属于她过去的很不愉快的成长背景里的一部分，她也不希望常常见到你而刺激她，令她想起她很不愿意回忆的往事。再或者呢，你是她最强烈的竞争对手，有你在，几乎就没有她的发展余地，她当然也希望自己躲你远远的。如此，种种。

好聚好散，其实也挺好的。但有时候，却有不能忘却的恨扎根在其中。有一次去拜访一个老教授。他说起如今的学生时，就像鲁迅笔下的九斤老太一样叹息摇头。他说，他的女儿成绩很好，现在已经去了美国读书。但是，去之前的一年，女儿差点自杀。

因为，录取他女儿的美国的一所名校的名额，居然被女儿最要好的女同学顶替了。其手段之恶劣，令心智还很稚嫩的女儿完全不能接受。他女儿的闺中密友，居然以女儿的名义发了一封信，说自己身患重症不能来读书了，并推荐自己的品学兼优的好朋友。一次漂亮的移花接木的魔术。

阴谋居然得逞了。因此，女儿比她晚去了美国一年。现在，她们还在一个城市里生活，昔日的好朋友，如今是仇人相见分外眼红了，所以，她们选择了避而不见。而且，没有人相信曾经发生过这件事情。

如果不是发生在自己的女儿身上，教授说，他也是不会相信的。在丰富而残酷的现实面前，人们的想象力很多时候是不够用的。

故事里的这个女生从此信奉逢人只说三分话的古训。她恐惧有所谓人生得一知己足的愉悦，她小心谨慎地与任何人保持足够的距离，警惕的目光足以使任何一个妄想靠近她们的人却步。她最终会成为一只孤独而忧伤的兔子，如果传说中爱与信任的奇迹，没有降临在她身上的话。

过度交流是一种病。因为，曾经的你无条件付出的如胶似漆的感情，天地良心的信任，有一天会转化成毒药，在你的胃里翻腾。等到你终于明白了，胃里的毒药原来是你自己亲手酿成的时候，你的痛就会加倍。你的爱曾经有多深情，你的痛就会有多沉重。

以生存的名义

姐姐从南方老家打来电话，说是晚间散步时邂逅了我中学时候的女同学小喜。她居然还认得出我的姐姐，聊起小时候到我家里做客的点滴细节，并殷勤地问起我的情况，留下电话号码，叮嘱说如果我回老家来，请一定联络她，很多很多年不见了，有机会可以坐下来叙叙旧的。

我只是愣了一下下，就想起她来了，然后就在电话里笑了起来。我笑得有点蹊跷，连姐姐在电话那一头都感觉到了。她问："你想起了什么，如此好笑？"

我说，我已经不记得她到我们家来过。我之所以很快忆起她，是因为另一件小事。我迟疑了一下，还是选择说出来。因为，她在我们女生宿舍里，有小小的偷嘴猫的恶名。与我比较要好的女生不是她，是与小喜床铺面对面的阿玲。阿玲的饼干筒是我们宿舍有名的，因为总有满满的各色美味的点心。那个年代，能吃的东西不多，但阿玲家境富裕，她母亲每次来看她都是大包小包的。

但是，有一天阿玲很苦恼地对我说，饼干筒里的点心总是自己在减少，她怀疑是小喜在偷嘴。我不怎么相信。没有凭据就怀疑别人，好像不大好吧。阿玲也没有声张，自己在饼干筒的盖子上粘了一根头发。等她晚自习回来，发现头发已经没有了。但是，我问她："你可以确认有人在偷你的饼干，但你不能确定一定是小喜吧，就因为她是宿舍里最穷的女生吗？"

阿玲沉默了。其实我们心里都知道一定是小喜，但没有公开声讨过此事。现在想起来，不声讨的后果是，也许是我们厚待了小喜，我们的集体沉默和体谅免去了她的羞辱与应得的惩罚。那时候物资贫乏，粮食在我们心里的分量远远比现在重得多。但是，还有一个结果是，也许是我们冤枉了小喜，她其实是无辜的。她白白替哪个偷嘴猫背了这么多年的黑锅。

不过，今天之所以反复斟酌这件事情，是因为姐姐的一句话。她轻描淡写地说，那不算什么吧，为了生存啊。完全是维护的口吻，甚至有点理直气壮呢。我不是道婆，但每每听人以生存的名义为自己、为别人辩护，我还是会心里疙疙瘩瘩的。

虽然，我也不止一次以生存的名义合理化了自己的某些行为，但内疚与自责伴随整个过程，我并不觉得是光彩的，当然更不是可以发扬光大的。我承认，我还是有些许的古典情怀的。路不拾遗、夜不闭户在今天只说明了路荒、家穷，路上没有什么可以捡的，家里也没有什么可以让人偷的。仔细想来，还是悲凉的。

于是，我想起在作家班的时候，有位来自边疆的学员毕业前说过的一番话。他有一双清澈得犹如边疆的泉水般透亮的眼睛。他说："我读了这么多年的书，也走了不少的路，原以为自己已经修炼得品学兼优、内外通透了。哪里知道，到京城读书这三年，我鄙视的、自以为已经脱离干净的人性弱点又通通以生存的名义卷土重来了。而且，像变异的细菌一样，更加变本加厉了。只因为环境使然，我不得不如此。否则，我就会被人灭掉。我能做到的就是一切只基于自卫自保，而不是攻击或者掠夺。"

他的话引得众人哗然。过后，私下里喝酒的时候，有人看见他在落泪。他没有选择留在京城打拼，而是从哪里来，又回到哪里去。很多年过去，我已经不记得他的相貌，但是，他的话以及说话时的苍然，我时常会想起来。

听说，他依然回到原单位，仕途走得也很好，已经是单位的中流砥柱。后来，有一次全国性的行业会议在京城召开，我还到他所在单位的展位上转了转，希望能遇见他。我想看看，他的眼睛还是那么清亮吗？他的心态呢？变化了没有，变化大不大，变得我还能认出他来吗？结果，我到的那一刻，他刚好有事出去了，我也就没有再去找他。

向隅而泣

向隅而泣。一个人对着墙壁哭泣。那一定是不能自控的悲伤。

汉代刘向《说苑•贵德》里有一句话："今有满堂饭酒者，有一人独索然向隅而泣，则一堂之人皆不乐矣。"前几天，刚好就有个男子在饭桌上，面对面教育我说，如果我不改变观念，不与时俱进，那么，以后的我，恐怕就只好一个人躲在家里向隅而泣了。说得我悚然心惊。

出此狠话，他似乎也于心不安。所以，第二天早晨，他打电话给我说，希望我不要太在意。他的出发点是善意的。我安慰他说，这个年头，如果谁还愿意语重心长地教训谁，那他一定是看得起谁。是不是？我没敢告诉他，因为他的一番话，我又失眠到半夜。

当时饭桌上的语境，是我说起了一件令我郁闷的事。我邀请了一个朋友到家里来喝茶，是一个男子。但是，相对而坐半小时不到，他就想和我行云雨之事，有点“霸王硬上弓”的架势。我与他认识的岁月不短，但是，在这之前，他并没有任何想要追求我的迹象，除了几条调侃的俏皮的短信。

我以为他会错意了，就明确地告诉他，我只是请他来喝茶，并没有请他来吃肉的意思。但是，他居然还是很坚持，如此这般，就很让我难堪。他说，他现在单身，所以，他很理直气壮。我说：“你单身，并不代表你对我有这个权利。”他又说，他喜欢我。我说：“你喜欢我，同样不能因此而对我有任何权利。”

然后，我意味深长地告诉他，我既然主动邀请他来家里喝茶，对他是欣赏的，也是希望由此而了解他。如果他也有这份意思，那么，他可以和我建立情感对应关系，我们慢慢了解，靠近，或许最终走到一起。他默然，然后说，他并没有再婚的打算。他已经试过，婚姻对他是不适合的。

我说，婚姻或许是我的目标，但比起婚姻而言，我更期待拥有一份一对一的、稳定的、温暖的、可靠的情感关系，是两性的男女关系，但不仅仅是性的关系。他令我不明所以地莞尔一笑，再没有说什么。然后，我们在沉默中分手。之后，他再也没有电话或者短信联络我。

那么，我知道了，那天拒绝他是对的。他也只是内急了，想搞个女人，如此而已。

可是，那天饭桌上，我的那位男性朋友以男性的立场来评论这件事，他痛心疾首地告诫我说："一个男子如果想与你上床，是看得起你。如果一个男子一晚上始终只是文质彬彬地与你谈天说地，那么，说明你作为女人是没有魅力的。"他说："你太矫情了。怎么心态举止还像个女学生？由此推论，你到现在还是单身，不是你没有遇到过优秀出色的男人，而是你错过了。你要知道，有一次性爱，也许就有了一辈子的性爱关系。没有，也许就永远也没有了。"

他的话，犹如棒喝。我的心在那一刻已然悄悄地流下了绝望的泪水。人有神性、人性、兽性，也即动物性。假如一个男人只想以动物性示我，那么，在他眼里，我也只是一只雌性动物而已。多少年来，我修身、我养性、我自律、我克己。套用一句经典电影的经典台词，《燃情岁月》里三兄弟中的老大，他娶了一个不爱自己却深爱他的二弟的妻子。妻子到最后也因此而抑郁自杀。在妻子的坟墓前，他泪流满面，仰天长啸：神的规矩，人的规矩，我统统遵守，可是，为什么，人们并不更爱我一点？

我呢，没有仰天长啸。我能做的，只是在挂上电话之前，很伤感也很决绝地对那个好心的朋友说，我的人生大概也就如此了。但是，我还是想，如果有一天，遇上一个人，他就喜欢我这样的，也未见得就完全没有可能。那是我的运气，也是他的福气。如果今生今世再也遇不上，那么，就这样吧，也没什么。至少我还有我自己可以面对。

这个善良的朋友默然良久。然后，挂了电话，再没有说什么。

浏览网络上的八卦新闻，看到李安在接受某媒体采访的时候竟然痛哭失声。因为，他精心打造的文艺大片《色戒》，在很多人的眼里居然只是一部色情三级片。他很委屈，很难过，以至于在电视直播间里流下伤心的眼泪。所谓向隅而泣。但没有举座不欢，而是举座大惊。

我想，我理解李安的痛。只是我很吃惊李安的性情之率真。他居然当场就向隅而泣，面对亿万电视观众，那是很需要勇气的。而我已经压抑太久了。

我只会在夜深人静之时，在冷寂的被窝里独自哭泣。或者像电影《花样年华》里的梁朝伟那样，到荒野之处，找一棵树，在树上挖一个洞，倾诉全部的心事，包括痛快淋漓的眼泪。然后，再抓一把土，把树洞封紧，把忧伤和眼泪深深地掩埋在永不为人知处。

单手洗牌

洗牌，是一轮游戏结束，下一轮开始之前的必要动作。牌还是那么几张牌，次序却已经全变。你能否抓到好牌，全凭运气。机会一直是有的。

可是，现实生活中的洗牌，却是各种真人角色因为利益关系不断重组的过程。也许，你还在睡梦中就被洗牌出局了。每个人都极力想成为洗牌的人，掌握生杀大权，可是，每个人却终究成为被洗掉的人。正所谓，你在桥头看风景，可是，有人正在从窗口看着你。

我对所有竞技性的游戏退避三舍。原因是我性格里毫无斗争性。谁要和我争，我审时度势，一看我不是他的对手，我肯定早早就退让了。相反，如果我暂时处于优势呢，那也要看对手是否很强势。性格过于强势的对手，我也让。因为，我知道，我终究不是他或她的对手。

我曾经在一家文化公司打工，进这个公司的时候，公司还没有几个人。我研究生毕业以后在北京谋求的第一份正儿八经的工作，就是一个部门的业务主管，我对自己是满意的。但是，我很快就明白，自己高兴得太早了一点。老板的助理，是一个有几分姿色的刚刚出校门的女孩。一开始，我在她的面前有绝对的心理优势。因为，她是我亲自拟招聘启示，从一堆应聘者中筛选出来，推荐给老板的。

可是，一个月不到，她已经成为老板的红颜知己。三个月不到，她成为老板的小蜜。她开始对我们几个比她资历深的人颐指气使。而且，话里话外，含沙射影的，让我一想到上班就心情很沉重。但是，我还是忍辱负重，等三年的合同一满，我就赶紧撤了。

好几年以后，偶然和曾经的同事们聊天，自然就聊到了当年的很多不愉快。我被他们讥笑为幼稚。他们说，你怎么会不明白呢，如果没有老板在背后撑腰，她一个小女人怎么能如此放肆呢。她也只是老板手里的一张牌，牌技娴熟的老板，拿她来挑拨我们，监督我们，鞭打我们。如此而已。呵呵。

不过，我们还是很怀念与感谢，以及佩服这个外表儒雅、内心大大地狡猾的老板。因为，他给我的第一份工作决定了我在京城谋生活的起点不低。这个起点，给予了我相当的自信，以及混在北京的资历。从此以后，我变换了几份工作，但一直没有落魄，始终是往上走的。不能不说是他给我奠定了求生的基础。

至于说佩服，是到今天为止，他的手里总是能抓到一把好牌，他玩的每一局大戏，都玩得很尽兴，很成功。他始终掌握着游戏的主动。他的周边人，来来去去的，分分合合的，他却始终没有被谁打败过，他一直是赢家。差不多每三年，他就会制造出一个高潮，成为业内一个焦点，被媒体追捧。

因为他，我想起了有一次在茶楼，看到邻桌的一帮人兴高采烈地玩牌。其中一个人洗牌的时候，一只手不离烟，另一只手的五根指头刷刷刷地，转眼就把一副牌洗得整整齐齐，看得我眼都直了。别人告诉我说，这是很牛的“单手洗牌”。算是雕虫一技吧。

我想，我以前的那个老板，他大概就是轻轻松松、潇潇洒洒的单手洗牌人之一。而且，他要玩就玩大牌，从不玩小牌。

也是在那个茶楼，我还听一个圈里人说，当初与他合资玩游戏的一个哥们，第一局就被他踢出局。那个哥们不服气，自己设局玩了一把，无奈牌技与运气均不如人，输得很难看。现如今，因抑郁症已经退居老家，每天钓钓鱼，养养花，消磨余生。我听闻，吓了一大跳。因为，此人曾经是多么快乐的人。只要他一来公司，屋里屋外的笑声就会此起彼伏。他要是几天不来，很多人还会问起他，说他一定是到哪里泡女人，耽搁了。

还好，我没有得抑郁症。身边有几个朋友是严重的抑郁症患者。很庆幸，我不是。也许我是，但我现在还不肯承认。呵呵。我也知道，身边的朋友走走停停，你来我往，我无数次被人洗牌，被踢出局。我总是抓不到好牌，我最好的王牌就是我自己。

当然，我也洗牌，我也经意与不经意地洗过别人。但我更多的时候是一个旁观者，一个自觉不自觉的旁观者。我喜欢看别人玩牌。看累了，看烦了，我就走人。

道德底线

道德底线好像是一句书面语。之所以如此说，是因为我有一次与三五朋友聊天，在评价一个我们共同认识的诗人时，我使用了“道德底线”这个词，结果引来一顿嘲笑，甚至是奚落。

起因是，我们说到圈里有一个落魄诗人，他让家里的小时工怀上了他的孩子。那是一个从边远山区走出来打工的十七岁女孩。容貌如何？不得而知。但她至少有山区孩子的固执与坚韧，两个人谈判的结果是，她要生下孩子，而诗人要么和她结婚，要么给她买一套大房子。否则，她要把诗人送进监狱。当然，最后孩子是生下来了，房子呢，当然没有，因为诗人自己住的房子也是租来的。结婚也是不行的。因为诗人在外省有老婆孩子。

说起来，现在这个孩子应该上小学了吧。诗人虽然很穷，但是，作为人父，他还是很努力的。那时候，别人问他最近忙什么呢，写诗了没有？他就长吁短叹，说自己每天给儿子换尿布、洗尿布。请他出来喝酒，诗人当然也会高高兴兴地来。来了就谈他儿子多么顽皮，连晚上都不让人睡觉。还好，睡不着，就正好写诗。那段时间，他写了不少。

他从来不说那个女孩怎么样了，还跟不跟他在一起。别人好像也很知趣，从来不问，好像这个女孩子并不存在。他们当然是知道她的存在的，只是有意识地忽略，又似乎他们只能忽略她，让她面目模糊。

因为，他们无法给她定位。她只是一个小时工，现在是他儿子的母亲。没有上过学，当然也和诗人一样没有北京户口。但是，她有青春，有年轻的身体，有勤快的手脚，或许还有一个简单的头脑、一颗朴素的心。不知道后来诗人还让不让她出去给别人家做小时工了，他和她的关系里有爱情的成分吗？她感觉幸福吗？现在的生活是她想要的吗？

这件事情就如此发生了。据说京城流动人口与不流动的加起来有两千多万。在这么多人口中，发生这样一件事情，犹如风吹过一片落叶，或者是谁的脚边偶然蹭过的一粒石子，谁会在意呢？

似乎在意的只有我。我每每看到楼下给别人带孩子的小保姆，或者请小时工来给我打扫卫生的时候，我就会想到那个女孩遭遇的祸。如果不是因为诗人拦截了她的生活，她在京城会怎么样呢？她有自己的成长空间吗，有她健康生活的土壤吗？她的祸，在她同伴的眼里，或许却是一份福？

自从我批评这个诗人没有起码的“道德底线”被众人奚落之后，我在公众场合小心翼翼地、轻易不敢使用这个敏感的书面语。以免让别人觉得我书呆子气、迂腐，像个道婆。

比如，众所周知的法国思想启蒙先锋卢梭，他和保姆生下的私生子不是一个，也不是两个，而是五个。而他因没有抚养他们的能力，将他们全部送进育婴院。

而那个俄国大文豪托尔斯泰，他想解放全部农奴，进而推翻农奴制。但是，他自己与女奴的私生子并没有得到应有的待遇。就在他的眼皮底下，他的私生子成长为一个没有受过启蒙教育的，四肢发达、怒气冲天的马车夫。托尔斯泰本人好像也并没有因此而存有丝毫的愧疚之心。

当然，萨特和波伏娃是世界上最具有传奇色彩的一对情侣，他们的学术成就世人有目共睹，敢于鄙视一切世俗荣誉的萨特甚至拒绝了诺贝尔奖。他们两人还非常勇敢地投身于世界反战运动之中。可是呢，他们与其他年轻的女孩子之间的关系，却不仅仅是可以用离经叛道这个词轻松概括的。

在他们死后被披露出来的书信日记里，对于与他们有过非常亲密之性关系的女孩子们，他们有非常龌龊、下流，甚至可以说是恶毒的描述，其严重程度曾导致其中有人几度精神失常。即使以现在最为开放的性道德标准来衡量，他们的种种行为也是过分的。且不要说，波伏娃曾经因为与她学生之间的情感与性的纠葛，被学生家长投诉，并被从教师的岗位上开除了出去。

但是，很奇怪，他们的所作所为并没有影响他们分别成为人类历史上、世人景仰的精英人物。所以，我想，他们好像是有资格享受“道德底线”豁免权的。众人为他们辩解说，他们也是人，不是神。

对道德底线也享有豁免权的另一种人，就是还在生存底线以下的人。

流浪儿三毛饿了三天肚子，在寒风里冻得瑟瑟发抖。于是，他为了活命去偷了别人家的馒头，结果被馒头的主人抓到，被恶棒加恶语惩罚。

我们毫不犹豫，一定站在三毛那一边，声讨万恶的馒头主人。可怕的是，三毛不仅生活在画家的漫画里，在现实世界里，也有些三毛在满地跑。问他们为什么要偷、要抢？他们会理直气壮地反诘你：因为不偷不抢，我就没法活下去。

尽管他们知道，去偷去抢的结局是什么。

汶川大地震之后，有一对灾民夫妻来到京城的某个角落开了一家小饭馆，名曰：北川成凤。此举立即激怒了众多网民，他们恶语相加，甚至有人行动起来，半夜里到饭馆的大门上刷油漆，要他们赶紧滚蛋。因为，他们怀疑这对夫妻是在作“地震秀”，这是不能容忍的，已经超过了网民心目中的道德底线。

但等到网民真正了解到，他们确实是一对出来找活路的灾民，他们的儿子已经在地震中死去的实情之后，他们立即弥补他们的过失，纷纷捐钱捐物给这对夫妻。甚至有一个老人到他们店里确认了他们的身份之后，转身让人送来一个鞋盒，里面是十万人民币，并留有一封毛笔信。信里说，钱是给他们夫妻作为饭店的启动资金的，将来他们赚了钱，一定要帮助灾区的乡民，等等。

这对夫妻最后之所以赢得了众人的原谅和同情，就是因为他们痛失爱子、痛失家园。所以，接近赤贫的他们是可以被世人原谅的。

前不久逛书店，居然在书架上看到了前面说到的那个诗人的诗集。我犹豫了一下，还是拿起来翻了翻。豆绿色的书封，精致的装祯，让我们有理由相信这是一本有内容的好书。但是，我最终只是翻了翻，没有读得下一行字。因为，很奇怪，我有强烈的阅读障碍。我不信任他。

我们的秘密生活

挂在微博上看完一部完整的电影，是很辛苦的事情。我只这样做过一次。推荐片子的博友以三言二语就牢牢地吸引住了我，让我正襟危坐了两个小时，欣赏了一部很特别的电影。没有情仇，也没有暴力，是一部探索女性内心生活的小制作电影。可是，很合我的口味，可以说暗合了我的一点小心思。

电影讲的是一个看门女人，外表通俗，有点肥胖，寡居，脾气似乎也不太好，养了一只叫“列夫”的猫。她在人们可以窥见的外屋里，掩人耳目地一天到晚开着电视，电视里播放着肥皂剧。可是，她的外人莫入的里间，是一间精致的小型图书馆。里面有大作家司汤达、托尔斯泰等人的作品，还有康德和胡塞尔等一般读者不会问津的哲学专著。当然，她爱看电影，收藏有很多文艺片、艺术片，也有马勒、莫扎特的音乐。

一个文艺女中年的秘密生活。

她所在的大楼是法国巴黎的高档社区，楼上住着的是这个社会的精英人物，或者有钱，或者有名，或者有权势。谁都不会正眼瞧一眼女门房，几乎没有人把她当作一个平等的人来对待。可是，这又有什么关系呢，这个名字叫勒妮的女人，乐得自在，没有人打扰她，她就有更多的时间看书、发呆。她可以从一杯茶、一滴雨里面领悟和生发她的人生。在她的精神力量的作用之下，每一片落叶、每一次的日出都闪闪发光，意味深长。这样的人生，也不算是太坏的人生。也可以天长地久。也许她和社会的关系有一点点的紧张，可是，她和自己的关系似乎是和谐的，直到一个优雅的男人来敲门。

因为，电影总是要来点戏剧性的。有一天楼里来了一个新房客，是一个叫小津的日本男人。他一眼就看穿了勒妮的伪装。他送她一本托尔斯泰的新版《安娜•卡列尼娜》，邀请她到家中喝下午茶。他幽默地对她说："你不是你的姐姐。"意思是你别再装了。

他们好像是相爱了，一个富有的、外型矍铄的老男人，和一个贫穷的、外表邋遢的女门房。所以，勒妮一开始是以拒绝的态度对待小津的爱情攻略，似乎是本能地想要维护自己的秘密生活的安稳。但是，就在他们正式约会的第二天早晨，勒妮为了救一个流浪汉而命丧车轮下。一个看似很有希望的爱情童话，实质毫无希望的爱情乌托邦，戛然而止。让我这个观者长叹了一口气，也为编剧松了一口气。后来，我才知道，这部电影改编自一部畅销的法国小说《刺猬的优雅》。

其实，从那个日本老男人一出场，我就知道，爱情出场了。可是，死神也一定随之而来。他和勒妮之间一定会发生一点什么，然后，一定会死去一个人。我的悬念只是谁会死去，谁会活着。呵呵。在爱情发生之前，电影里的人生是现实主义的，可是，当爱情出场之后，电影里的人生已经转为浪漫主义的了。因为，一个贫穷且丑陋的中年女人，在现实生活中是没有出路的。她可以建构的是自己的秘密生活，而不是现实生活。

在看这部电影之前，我还看过另一部日本电影《何时是读书天》。女主角是一个叫美奈子的送奶女工。每天清晨，天刚蒙蒙亮，她骑着自行车挨家挨户给小城里的住户送奶，其中也包括一个叫槐多的男人。这个男人是美奈子的初恋情人。她的母亲和槐多的父亲在一次私会途中遭遇车祸，双双殒命。这给两个家庭带来了灭顶之灾，也让槐多放弃了和美奈子的爱情，转而娶了另一个女子为妻。

美奈子送完牛奶，就到超市里当收银员。只有晚上的时间她是自由的、富有的，蝶变为一个优雅的阅读的女人。她以书为伴，怀揣着一个秘密的爱情，度过了三十年的漫漫寂寞。她在二十岁的时候发誓，要将单身进行到底，而一转眼，她已经五十岁了。

命运似乎也给了她新的机遇。槐多的妻子病逝了，临终前她把槐多托付给美奈子，出于自尊，美奈子拒绝了。但是，葬礼过后的一天，美奈子去找了槐多。雨下得很大，他们情急之中回到美奈子的家里，槐多第一句话问的居然是：床在哪里？

第二天早晨，美奈子早早地去送牛奶。槐多醒过来的一瞬间，他呆住了。房间的四壁是密密实实的书籍。此时，导演给了一声交响乐的重音，以彰显槐多的内心震动。他明白了，美奈子的三十年是怎么过来的。不知道以一个男人的心理，空守了一屋子书籍的美奈子是虚度光阴，还是别有洞天呢？

电影的结尾，美奈子除了有一房间的书为伴，就只有一段供她回味一生的爱情。因为，爱情的男主角就在他们花好月圆过后的那个早上，为了救一个落水的小孩子，死了。逝者的脸上，很奇怪地呈现出的，是欢乐的表情，也或者是自嘲的表情。

观看这两部电影的时候，我的心情颇为复杂。因为，我没有秘密的爱情，却也有一屋子的书，以及一个人的人生。这样的人生也许离幸福还有几公分的距离，我却时时在阅读的瞬间，在某一个句子里，感觉到幸福的羽毛在轻轻地抚慰我的神经。建立自己的精神城堡比起建立一份俗世的人生，哪个更容易，哪个更重要，我不是很明了。因为我无法比较。但是，说一句大实话，我在虚拟的世界里得到的快感，远甚于现实人生。那种心灵的共振，比起肉体的那一点点欢愉来说，简直是天上的仙桃，和地上的落果。

只是以我有限的阅读史，以及同样有限的人生经历来领悟，我觉得阅读的旅程和现实的人生，具备同样的危险性，可以说是危机四伏，歧路百出。因为，诸子百家战火连连，荣格和弗洛伊德在打官司，诺贝尔奖的获得者们互相蔑视斗嘴。

但是，我还是不断地在买书，读书，如一日三餐一般不能怠慢。因为，会饿。饥寒交迫的滋味不好受。书籍在解我精神之渴的同时，也在给我陪伴。尤其是，在现实生活里一筹莫展，甚至一败涂地的时候，我们还可以重新建立一个精神城堡，一份秘密生活，给自己避难。在现实人生里难得一个同道人，找到了，也可能会失去，可是，我们却一定可以在阅读中找到知己，找到一点支撑。

身边的暴力

夜半，突然而来的巨响把我惊醒。

我一动也不敢动，保持原来的姿势蜷缩在被窝里。本能地，动用所有的细胞，想要在第一时间里判断危险来自哪里。紧接着，就是第二次巨响。类似啤酒瓶炸在地板上。而判断的经验则是来自电影电视剧。

但是，真人版的剧情就发生在我家的楼上，一对年轻夫妻半夜里扭打起来。女的在嚎啕大哭，男的在恶声大骂，听不清说些什么。但是，我知道可以放心了。因为，暴力距离我隔了一层水泥地板，我似乎是安全的。

睡意已经被惊飞。在等待安静的时间里，我突然很安慰地笑了，笑给自己。我对自己说："亲，虽然没有枕边人爱你疼你，可是，至少也没有人可以在半夜里对你扔啤酒瓶啊。真是人生一大幸事。”

楼上的剧情断断续续地上演了将近有半年的样子，终于有一天深夜，妻子“咚咚咚”下楼，脚步凌乱，却也是坚决地走了。第二天晚上，有人摁我家门禁的门铃，我听出了是那个逃走的妻子的声音。她说：“我就住你家楼上，我忘了带钥匙了，你给我开一下门吧。”语气里有哀求的意思。我没有迟疑，给她开了门。从上楼的脚步声判断，他们有气势汹汹的三五个人。大概是妻子从娘家搬来了救兵。他们敲打自己家的门，将近有一小时之久，就在所有邻居几乎忍无可忍的时候，门开了。

估计两人终于还是分开了，因为楼上再无动静。再半年后，来了新的房客。睡梦中的啤酒瓶，虽然没有炸在我的脑袋上，但存留在我的记忆里，使得我接下来的相亲历程，困难重重。因为，对方有可能就是潜在的暴力者。假如有人因此而笑我神经过敏，我也没有办法，因为他一定很幸运，没有经历过大半年的时间，经常被人在睡梦里扔啤酒瓶的事实。而且，第一只啤酒瓶炸响之后，我也不敢睡，也横竖是睡不着了，因为，类似传说中的第二只靴子一直没有扔下来。

想起这段陈年往事，是因为昨天的一个电话。打电话的女朋友，在新旧年交替之际，想起来问候我一下。当她一听我还是孤家寡人的时候，就语重心长地说了很多有教育意义的话。大意就是两个枕头比一个枕头好，过日子还是得有个伴什么的。话是对的，但是，从她的嘴里说出来，就有点惊心动魄，甚至匪夷所思。我反而被吓住了。

因为，一年前的春天，她几乎每天给我打电话哭诉新婚丈夫的暴力行径。有几次一大早她都无法提起精神上班，直接跑到我家里来了。她的婚姻是两家的母亲撮合成的。两个母亲各自拿了儿女的照片去公园里相亲。她是研究生，未婚，外地人，无房。而他是蓝领阶层，离异，北京人，有房。两个母亲觉得很般配，让他们见面。半个月后，他们同居在一起了。然后，他们就结婚了。

但是，她惊异自己很快成为新婚丈夫的暴力对象。几乎没有预兆地，她的丈夫会突然抓起手边的任何东西击打她的头部和脸。有一次两人逛超市，不知怎么了，她的丈夫突然操起一个矿泉水瓶子打她。她面对我哭诉时，有一句话我记忆深刻，甚至是刻骨铭心。她说："我真的很害怕，如果他手边有的不是矿泉水瓶子，而是一把刀，一把锤子，他是不是也会这样毫不手软地砸向我？那我怎么办？"

我给她指出了两条路：一是回娘家，二是离婚。她低头不语。回娘家她试过。她母亲认为小夫妻吵架是常事，不必太当真。而且，女婿在丈母娘面前乖顺如猫。至于离婚，她还不想。因为，结一次婚很难。再说了，她不想以一个离异女人的面貌出现在亲朋好友中。

所以，我小心翼翼地问她："好久不见了，你现在过得好吗？"

她笑笑说："还好。磨合期过了，他可能也放心我了吧。我们现在有孩子了。"我竟一时没有回应的话说。放下电话后，我下楼散步，心情久久不能平静。我这个女朋友，善良真诚，身材高挑，面貌清秀，年龄也才三十出头，勤勉敬业，生活却已经向她展示了如此的恶意。而她能做的，也只是隐忍着。是因为寄人篱下吗，还是对人生已经没有太多的期待？通俗的说法，她是已经认命了吗？

而我不放心的是，有暴力倾向的人，恐怕是很难根治的。一旦条件具备，他的拳头还是会举起来的。

她和孩子的将来，会是如履薄冰吗？但愿我是庸人自扰。

因为她，我想起来了另一个遭遇家暴的女朋友。她写诗，丈夫也写诗。但是，她不知道的是，丈夫写诗的同时，内心充满了暴力。有一天，他二话不说，拿起剪刀就把她的长头发削下去一大把。她呆呆地看着眼前的这个男人，不相信自己的眼睛似的盯着他。他还在咆哮，挥舞着双手。等到她醒悟过来，发现自己在流血。

两年后，她和他协议离婚。他每月给孩子生活费，孩子可以留在她的身边。但是，如果她和别人结婚，他将停止生活费的支付，孩子将要归他。她同意了。虽然，她很清楚，这个男人还想控制她，在拿孩子要挟她。但她无所谓，一个丈夫就足够她受的了。她不再相信男人，尤其是写诗的男人。她不会再想要丈夫了。

后来，她读到那个杀妻的诗人顾城的一首诗："零点的鬼，走路非常小心，它害怕摔跟头，变成了人。"她想起来，这首诗，她很久以前就读过，怎么也没有读懂。现在，她终于懂了。鬼和人，原来只相差一个跟头。

刀锋上的美丽与哀愁

美丽与哀愁，是已经被用滥了的一个词组。我借来再用，也是为了说一个已经并不新鲜的话题——妓女。包括政妓、艺妓、秦淮名妓、站街女、发廊妹，等等。美丽是她们必备的资本，哀愁是她们生来的命运。她们都出生在一个或者没落，或者穷困的家庭里。可是，上帝偏偏赐给她们美貌，让她们心有不甘，因而孤注一掷。

世界上，曾经有不止一个母亲如此对她的女儿说："很抱歉，家里很穷，只能供你的哥哥和弟弟去读书。不仅你不能读书，你还要出去做妓女，来供养他们读书。"呵呵，多残酷的一个母亲。可是，她自己也是一个政妓出身的女人。她的母亲也曾如此这般对她说的。

女儿挣扎了好几个晚上。因为，她的心中已经有了一个两情相悦的情郎。他是一个名门贵族的子弟，换句话说，她休想，花好月圆的美事，是不可能发生在她身上的。而有可能发生，并即将发生的事情，是他的家里已经为他选了一个门当户对的贵族女子，拥有丰厚的陪嫁以及耀眼的族徽。

母亲知道女儿的心事。她一针见血地说："你如果愿意成为一个光彩照人的政妓，家里的最后一点银子，可以用来培训你、包装你。你一旦成为社交圈里的宠儿，你不仅可以在众多王公大臣和贵族子弟中间挑选你的情郎，你自然也可以选择你早已钟情的他。你知道吗？你可以要他，也可以不要他。选择权在你手里，你不觉得这很有意思吗？

"反之，你如果不愿意成为一个政妓，那么，你必得在三年内，在面包师、理发师、铁匠、摇船郎中间选一个男人，草草把自己嫁出去。然后，一年生一个孩子，没有肉吃，没有漂亮衣服穿，丈夫还很有可能酗酒、暴打你和孩子。

"你更愿意成为谁？一个风情万种、受过上等教育、出入宫廷、锦衣玉食、被男人追捧的政妓，还是一个整天劳作、蓬头垢面、吃不饱穿不暖的洗衣妇？"

女儿屈服了。她不是屈服于母亲，她明白必须屈服于自己的命运。这是电影《威尼斯之红颜祸水》里的片段，也是让我目瞪口呆的一个片段。我震惊于母亲说这番话时的和颜悦色，她不仅神态自若，而且，当她不得已透露自己的出身也是一个政妓的时候，甚至有荣耀感微妙地呈现在她的脸上，宛如春风拂面。也可能她荣耀的只是她昔日的美貌。

于是，女儿接受成为一个政妓的严格的专业培训：如何走路，如何使用刀叉，甚至如何性感迷人地吃一根香蕉。还有大量的文学与历史书籍的阅读。琴棋书画，包括剑术也都懂一点。当然其中最重要的一门功课，是如何取悦男人、魅惑男人的房中术。

女儿出道的火候终于到了，精明的母亲为女儿的第一夜选了一个儒雅成熟的中年男人，他风度翩翩，而且权势如日中天。他是女儿的一个起点，也是一个让女儿成为真正的女人的启蒙者，这个角色至关重要。第二天清晨，女儿慵懒而满足地对着母亲微笑，并递给母亲一袋饱满的金币。母亲则递给女儿一碗汤药，喝了以后不会怀孕的汤药。

订单源源不断地涌来。她成了宫廷里最受欢迎的女人，甚至邻国的亲王也慕名而来。而她曾为之痛苦欲绝的贵族青年，反过来因为她而痛苦不堪。他不能娶她，就只能和别人分享她。他经常喝醉了，到她的绣楼下彻夜游荡。

当然，很快她就明白了政妓这碗饭也是不容易吃的。她是日日踮着脚尖在刀锋上行走。美貌本身是一把利刃，一个凶器，是危险的。所以，只拥有了美貌是远远不够的，还必须具备相应的手腕，甚至无耻的品性，才能在宫廷里混得下去。影片的最后，她因被嫉妒，也因宫廷政治而身陷囹圄。危机时刻，她的初恋情人及时赶到，救她出狱。然后，仿佛是中国版的范蠡与西施，他们双双泛舟在威尼斯的水上，乐而忘返，不知老之将至。

这当然是好莱坞式的有情人终成眷属的圆满。现实生活里，她很有可能在最后三分姿色褪尽之前，像中国的杜十娘那样，找一个可以嫁的男人从良，结婚生子。假如她也有一个继承了她的美貌的女儿，在女儿豆蔻年华的时候，她会说："你愿意成为一个光彩照人的政妓吗？"就像她的母亲曾经对她说的那样。

不过，更多妓女的命运，只能像茶花女或者陈白露那样，没有善始，也没有善终。茶花女为了成全情郎的前程拒绝了他，也拒绝了自己，她从此心力交瘁，郁郁而终，吐血而亡。陈白露则债台高筑，服安眠药自杀，临死之前说："太阳要出来了，但是，太阳不是我的，我要去睡了。"最悲惨的莫过于杜十娘，遇人不淑，在被转卖之前，抱着百宝箱跳了江。

一天，与几个朋友喝茶，回家时已将近午夜，在我必经的桥头，依稀明灭的灯光下，看到一个穿着单薄的女子站在那里。因为冷，她两手抱住自己取暖。我有点纳闷，不敢确定她的身份是不是站街女。但是，她不像是等公车的样子。这么晚了，已经没有公车可以等。尤其是她的衣服，片片缕缕的，像羽毛披挂在身上。而且，看得出她很年轻。

又过了几天，与一个很愤世的、刚从海外归国的文人聊天，说到了那个深夜浑身披挂羽毛的女郎，他摇摇头感慨说：“年轻与几分姿色是她们仅有的本钱，她们以此搏一点温饱。她们时时行走在刀锋上。她们夜夜哀愁。”

第二辑　夏至凉

倾情恋爱过，又失恋，被无情无义背叛过的人，都会明白那个细节其实是靠不住的。有时相爱的任何一方，是宁愿对方死掉，也绝不愿意与别人分享他/她，更不能忍受他/她背叛自己，从此与别人过上耳鬓厮磨的好日子。

胆怯

女友离婚后，嫁给了一位名校的教授，一位博导。于是，她很荣幸地被尊为师母。她说，自己现在的生活，知识含量、含金量都很高。经常有博士生来帮她打理一些日杂事务。比如，给电脑装个软件什么的，甚至,她一边喝茶一边口述文章，由几个学生轮流来帮她录入。她最近完成的两本书，就是如此出品的。

我在一旁听了，呵呵发笑。我揶揄道，早就听说现在的研究生、博士生什么的，大都要给教授打杂，原来还不仅如此呢，还捎带着要给师母打理有关事务。而且，他们还要争先恐后地表现自己，惟恐怠慢了师母，导师面上不好看。

女友也笑，说：“这有什么呢。如果我告诉你，博士群里‘弱智、低智商’的人有不少，你一定不信的。我这个不称职的师母，还得经常充当介于爱心妈妈与心理咨询师之间的角色。我给予他们的同样很多。即使这样，这三年中还是出现了几桩令我们最为担心忌讳的事情。

“有一天，有个读了五年还没有拿到毕业文凭的博士生，就在终于被准许毕业的前一周，留下一封信之后，失踪不见了。他乡下的老婆抱着孩子吵到学校里来要人，我们也只有目瞪口呆，有什么办法呢。后来听说，有人在远山的一座寺庙里看见了他在敲木鱼。喊他，已经剃发易装的他，抬起头看看，然后，面无表情，目不斜视地就过去了。所以，也不能确定，或许是看错了人。他留下的信里，有厌世的情绪，但并没有出家的明确表示。

“然后是，两个博士生之间酒后斗殴，一个人的酒瓶在另一个人的脑袋上不知轻重地磕碰了几下。后半夜，那个被磕的学生就昏迷了。最后不治而终。那个不小心磕死人的学生，精神也近乎癫狂。他不能承受自己的失误带来的严重后果。”

女友没有继续举例说明。但是，显然她很担心这些贵为天之骄子的学生的心理问题。她说，她很体谅那个逃到深山里去的男生。他一生的成长环境就是学校，在实验室、图书馆、食堂之间转圈。如果人们从空中俯视他这五年的行动轨迹，他就像一只风箱里团团转的老鼠。世界在飞快旋转，而他对外面的世界是迷惑的，本能地胆怯。

她的话，令我想起了另一个故事。关于胆怯的故事。

我在一家图书公司实习的那段时间里，经常与作者打交道。有一天，与作者一起吃饭，有个博士生就给我讲了他身边发生的事情。他同寝室的男生半年前跳楼了。

那天，他中午回到寝室，发现自己的电脑竟然是开着的，他很生气。他最不喜欢的事情，就是别人动他的电脑。但是，他很快惊悸地看到，屏幕上是一封信，准确地说，是一封遗书。是室友，也是他的师弟，最后的留言。

师弟请他原谅，自己以这样的方式离开了，会给他增加很多麻烦。但是，师弟说自己也没有办法，他心力交瘁，不得不如此。师弟请他在读到信以后，到城里的某某大厦去处理后事。在这个城市里师弟没有其他更为亲近的人，所以，很抱歉让他来出面。另外，上月向他借的几百元钱，压在了饭盒下面。

他读完信，人都傻了。他确定这不是黑色幽默，不是玩笑。他的脊背在出冷汗。然后，他疯了似的，飞一样赶到那座大厦。已经晚了，大厦周边挤满了人，警察拉出了黄线。他说他一点力气也没有了。他就坐在马路边上，一身冷汗濡湿了衬衫。听旁边的人在嘀嘀咕咕，说是半小时以前，从二十二层高的楼顶上扑下来一个人。看样子是很年轻的一个男子。不知道为什么，如此年轻，却是想不开。大概是失恋了。

他坐在一边暗想，如果是因为失恋，他觉得还好接受一点。事实上，这个刚刚死去的三十四岁的博士生，还没有机会恋爱过。好像曾经暗恋过一位女教授，却是别人的老婆。那究竟因为什么跳楼呢?

师弟在遗书里说："我很害怕。我觉得自己会疯掉。种种迹象表明，我早晚会疯掉。我已经失眠很长时间了。脑子里除了化学符号、英文字母，就是各种各样的鸟鸣。吵得我一夜一夜地不能入睡。所以，我选择在神智还算清楚的情况下自我了断。我对不起父母，对不起导师，也对不起师兄。我对不起任何人。"

当晚，他料理了师弟的后事，回到寝室，已经午夜了。他惶恐地抱起自己的被褥，逃到了教室里，拼了几张桌子，就躺下了。半梦半醒之间，他感觉到门被什么东西推开了。然后，什么东西飘进来了，又恍惚有谁给自己掖了掖被角。然后，那个东西又飘出去了。门就那样一直打开着。他又怕又冷，在被窝里发抖。他又仿佛听到外面的树丛里有鸟的翅膀划过的声响，然后是几声凄厉的鸟鸣，像是告别。然后，是万籁寂静。

再后来，月亮出来了。等他早晨醒过来，门还是开着的。太阳已经出来了。但是，他知道，他已经和昨天不一样了。永远也不一样了。他从此变得胆怯。他非常怕一个人待着。所以，他后来草草结婚了，生了一个儿子。他说，他对儿子没有其他要求与期待，只祈求儿子健康、皮实地活着，一家三口相依为命地活着。

如何是好

阿岑离开京城已经一年有余了。我是很想她的。可是，她走得如此决绝，当初我怎么劝她，她都是一副深思熟虑的表情，笑而不语地与我对峙着，我最后只好闭嘴。

我真的很佩服她的勇气。如果说，她当初离开家乡从容优裕的生活，独自北漂，是无知者无畏的话，如今，放弃已经在京城打拼了六年的社会基础，重归于零地到一座完全陌生的边陲小镇寻梦，是真正需要大勇气的。懦弱如我，无数次想要逃离雾霾的京城，但是，我一次次地离开，最后还是一次次地回来。心底残留的勇气与力量，已经不足以支撑我挪一个地方从头再来了。

在她离开的一年里，她很少与我联络，基本保持静默的状态。一直到昨天下午，她复活一般，从MSN

上浮出“水面”，打了一个笑脸给我。然后，我们聊了很久，聊到月上柳梢，又聊到星空灿烂。她说，当初如果她不走的话，她感觉自己会疯掉的。她无所适从，每天晚上睡不着，到了早晨又很不愿意醒过来。醒过来之后，对着镜子里憔悴不堪的自己，一遍又一遍地问：如何是好，如何是好？

她的困惑当然与男人有关，也不全是因为男人。她说：“我也不是呆板无味的女人，可是，到京城的六年，做人的底线一次次地自动放宽、放低。”可她还是不讨别人的好，尤其不讨男人的好。

阿岑到京城交往的第一个男朋友在两个月后提出分手。理由是她太保守，因而他觉得她太无趣。而所谓的保守，是她不愿意与他上床，享受鱼水之欢。他没有耐心等，等到她说的先订婚见过双方父母，再同居试婚。她的期限是半年。他不肯。他说，万一在性事上不合适，他要白白浪费半年青春好时光。他太亏。而且，他认为，如她这般尊重原则超过享受欢乐，对性事太过认真的女人，将来即使结了婚，也是放不开的。

他走了。她很痛。因为，他是她喜欢的类型。但是，他如此决绝，不给她留有余地。又过了两个月，她忍不住想他，就给他打电话，有重修旧好的意思。他在电话那头沉默良久说，太晚了。他已经有女人了。

阿岑痛定思痛，觉得要获得幸福，必须自我调整，干吗像个小家碧玉般自保呢？大家不是都在唱，有多少人愿意等待？没有的。尤其是男人，没有一个男人愿意等待。

因此，当下一次阿岑遇上自己喜欢的男人之后，见面第三次，他说要到她租赁的小屋看看，她想了想，就说好吧。约了一天休息日，她把小屋收拾得“山清水秀”，弄了几个小菜，还特意备了一瓶红酒。

他如约而至。二人推杯换盏，酒过三巡，情投意合。阿岑觉得自己有点晕，本能地觉得不好，可是，理性和感性都告诫她，这是男人喜欢的，那么，她也喜欢吧。

第二天早晨，她醒过来，他已经走了。只留下了一张纸条，说他有事先走了，抱歉云云。她也没有在意。可是，半个月里他没有给她打过电话，她给他打电话，他也推说忙。等到他不忙的时候，来找她，是很明确地约她上床。她忍了很久，终于忍不住质疑：“你把我当什么人了？”

他也很奇怪，说：“我以为这就是你喜欢的啊。”后来他们分手了，他对介绍人说，出国十年，想不到国内的女孩现在也如此开放了。他原来想在国内找一个女孩带出去的，现在想想还是算了。要是把国内的女孩带出去，到了外面还不定会多疯狂，给他戴绿帽子呢。

介绍人更奇怪，她是知道阿岑的。阿岑百口莫辨，无言以对，只好吃个哑巴亏。

如此，阿岑觉得自己是一只扑火的飞蛾。扑高了，扑低了，都是错，都是死。

她拒绝了，别人说她无趣。

她接受了，别人又嫌她开放，不适合做老婆。

到京城第五年的时候，阿岑就很堕落了。堕落到了即使是别人的老公，只要是她喜欢的，或者即使不是她喜欢的，只要他喜欢，她也与他纠缠。

后来就遇上了一个男人。这个男人真正让阿岑伤心欲绝。在阿岑眼里，他是十全九美的。一个不美，就是他是别人的老公。他老婆带着孩子去国外已经三年了。但是，最后，她还是下决心与他分手了，并因此而失魂落魄地离开京城。那时候她已经买了房，买了车。因为，他居然对她开口就骂，动手就打。不打不骂的时候，就冷嘲热讽，什么话难听说什么。

最后一次吃饭，是在他们最喜欢的地方吃分手的烛光晚餐。

阿岑问了他三个问题。

她说："从一开始认识我，到现在，你就没有打算过要离婚，再娶我，是吧？"

“你也从来没有打算要养我，是吧？因为你养不起我。”

“你也不打算我缠住你不放，你老婆随时可能回国，是吧？”

他是诚实的人。他三次点头。

阿岑笑着继续问：

“你从没有打算要娶我，就是说我作为女人还是要自谋出路，找个男人结婚生孩子；

“你也没有能力养我，那么，我必须自谋生路去挣钱养活自己，事实也是如此，是我自己辛苦买了房，买了车；

“甚至，你也不希望我套牢你太紧，要给你相对空间与自由，因为你有老婆孩子。

“那么，既然如此，我出去相亲，你要跟踪我；我出门签合同，你也要吵，认为我回来晚了，应酬太多了。到底是为什么？”

他低头半晌，说：“因为你是我的女人。”他又说：“因为我爱你。”

阿岑想不通，这个世界上的逻辑怎么都是男人定的呢。女人怎么做，他们都有现成的道理来灭绝。最后没有理由了，就说“我爱你”。

阿岑一个人到这个蛮荒小镇休养生息了一年多才缓过来。她不再考虑爱情的问题，现在和小镇上的一个小学老师结婚了。他比她小三岁，不英俊，但是不丑。他不恶，也不穷。每月有千百元的基本工资，粗茶淡饭是足够了的。她打算生三个孩子，三个在泥地里滚来滚去，自己会长大成人的皮实小孩。

最后，她在MSN上对我说："你来玩吧。你不知道我头顶上的星星月亮有多大、有多亮呢。我的心里也很亮堂。因为，在这里只有一种价值观，女人嫁汉，穿衣吃饭，再就是生儿育女。没有多余的道理来折磨你。"

有一种谎言

初春的一天，京城难得细雨霏霏，惹得我思绪绵绵。于是，故意跑出去淋雨，在社区公园里转了一圈。却除了南方的父母双亲外，再没有我可以寄托情思的人。薄薄的小棉袄以及头发上已经缀上了一层细密的雨珠，再淋下去，我恐怕就会感冒了。

回到家里，窝在沙发上小睡了一会儿。然后，就放了一张悲情的影碟。看到最后，忍不住跟着女主角掉了几颗硕大的眼泪。因为，英俊的男主角得了不治之症。他担心自己相爱多年的女朋友过于悲伤，就谎称自己要和别人结婚了。从此，他彻底消失。身边的其他朋友最终知道了男主角离世的真相，也不敢告诉女主角。

可是，惹得我悲泣不已的，不是男主角一个人孤独地离去，而是女主角在毫不设防的情境下，听到男友的绝情电话，五雷轰顶、五内俱焚地绝望，她下意识地开着车，在停车场上疯狂转圈，然后痛哭。因为男友说：“对不起，我就要和别人结婚了。新娘是你不认识的女人。我和你的事情她也都知道了，但她不相信我和你现在只是好朋友的关系，所以，我现在当着她的面，对你说一声，好让她放心。”

虽然是弥天大谎，可是言语凿凿的，她不能不相信。就这个支撑整部电影的细节来看却是很不靠谱的。为什么？因为，我觉得假。

倾情恋爱过，又失恋，被人无情无义背叛过的人，都会明白那个细节其实是靠不住的。相爱的任何一方，是宁愿对方死掉，也绝不愿意与别人分享他，更不能忍受他背叛自己，从此与别人过上耳鬓厮磨的好日子。一想到自己如此相爱缠绵依恋的人，此时此刻深情拥抱的却是另外一个人，那是一定会发疯了的。只要能够做到，谁都宁愿扛了一杆枪，或者手心里抓一把毒药，找到他，杀了他，然后，再自杀。这叫玉石俱焚，同归于尽。

这就是人性。

有人做到了，就叫作殉情。可是，更多的平凡男女，尽管恨得咬碎钢牙，最后也不得不把眼泪吞到肚子里。因为并不是谁都具备超强的心理能量，以及相对应的行动力量的。

所以，如果他真的爱女友，他不想让女朋友看到他病后的容颜，那是可以理解的。他可以带着一颗骄傲的心离开，到一个谁也不认识他的地方，等待命运的最后时刻。但是，他没有。

他是离开了，却顺手撒下了一把毒药，让他的女友从此一生不得开心颜，因为，她被她最爱的人抛弃了，背叛了。他和她以前所有的相爱的好日子，在那一刻，统统都变了颜色。什么叫作心碎？

“我欲与君相知，长命无绝衰。山无陵，江水为竭，冬雷震震，夏雨雪，天地合，乃敢与君绝。”这是自古以来情人之间的最高盟誓。现在，在她的心里，山峰已经破碎了，河流干枯了，夏天却如严冬，她在瑟瑟发抖。只因为他的背叛，他的无情，他的无义。电影里的女主角忍不住打回去一个电话，泣不成声地质问负心人说：“你为什么要这样对我？还要当着你新娘的面羞辱我？好歹我们也相爱了这么多年啊！”

记得在我们平时签订的大小合同里，都有一条看似无实际意义的条文，即，如遇天灾或任何不可抗力，本合同终止，双方不承担相关责任。因为，这是命运。

同样的道理，如果我们的爱人因为天灾，因为人祸离开了我们，我们当然也会绝望，会痛苦，会受到打击，会受到伤害。可是，人不在了，情却还在。面对无常的命运，我们的内心会历练得更加坚强，更加达观。因为，我们心里有爱，有情，有义。我们深爱的人，永远活在我们的心里。所以，我们有对抗寒冷人生的心理力量。我们的爱情甚至可能穿越生死迷雾，在我们的梦境里闪闪发光。

但是，如果她以为人还在，情却早已经不在了呢？她还会相信爱情，相信男人吗？一个不再相信感情的人，勉强活在这个世界上，她还会开心吗？我觉得不会。因为，她的内心已经被彻底地摧毁了。而那个摧毁她的罪魁祸首，就是那个假装为了爱而说谎的男人。

慈悲训练

如果我们以德报怨，那么，以何报德呢？

孔圣人的意见是，以直报怨，以德报德。

可是，前不久，与一帮修道修善的朋友一起野外云游，座中一位外省来的男人袒露了他心中的忧虑。他的困惑是，他天性良善，在别人的眼里甚至是懦弱。所以，同在一个名利圈里博弈的几个对手，明里暗里地算计他，甚至是欺负他，他不知道如何应对才好。

如果奋起反抗，他初来乍到，人单力薄，明显不是他们的对手，其结果只能是他落荒而逃。那么，如果他忍辱负重，卧薪尝胆呢？又怕这些人更加嚣张，为所欲为，以至于局面更加不可收拾。

而且，无论是哪种方式，他都缺少必备的技术和手段。如此无奈的处境，几乎是社会中的每个人必须经常面对的。座中有一位修善的高人，也是从宏观上把握，说一些大的道理。然后，高人说："实在不行，你肯定还有一条宽路可以走，那就是逃。逃出那个是非小圈子，是外在形式的逃。你还可以逃到你自己的内心世界里去，修身、养性、养心。所谓躲进小楼成一统，管它冬夏与春秋。"

那个朋友苦笑。三十六计走为上策，当然是个办法。但有多少人有能力行如此潇洒之举呢？且不说有人的地方就有猜忌与争斗，事实上每个人有多少机会在一边安静地被等待呢？你出得了这个你不喜欢的狭窄的小门，未必进得了隔壁宽敞的大门。

所以，经常有吵架的双方，暴怒的一方对准备夺门出逃的另一方说："你今天出了这个门，就别想着回来。"虽然是意气之语，但其实，一时斗气出门，扬长而去的人，其中很多人就真的回不来了。即使他半夜里惭愧地悄悄地回到了门口，谁知道，门锁了。这扇他曾经背弃的门，已经在期待另一个新人。

也所以，你经常要做的，其实就是一种慈悲训练。对人对己，均如是。

以前读张爱玲，她那句著名的"因为懂得，所以慈悲"，只觉得好，并不能真正地知道她的用心之深。直到有一次午夜梦回，想起往日之种种，如梦初醒般恍惚、恍然。人对我，我对人，很多时候，我们一忍再忍，如此这般，未必很主动，其实很多情况下是被动进行着的慈悲训练，并不是因为我们懦弱，也不是百般迁就我们的对方过于懦弱，而是因为我们懂得。就好像有一本大书上说的，谁打了你的左脸，你还可以把右脸给他。

曾经有一个女友经常向我控诉她的婆婆的种种不是。可是，过了一段时间她对我说，她想明白了："婆婆真的很不容易。中年守寡，就守着这个宝贝儿子，除此之外没有任何心理依托。她嫉恨我分享了她儿子的爱，对我不好，可是，她对儿子和孙子是好的。"她说，每次在婆婆那里受了委屈，她就自己躲到一边在生理上做深呼吸，在心理上做慈悲训练。她不想失去丈夫，也不想让丈夫夹在中间为难，所以，她只能主动被动地时时准备着慈悲训练，

对别人慈悲，就是对自己慈悲。

饱受办公室人际关系挤压的另一个朋友，也是主动做起了慈悲训练的功课。他的上司几乎沾上了私企老板的所有恶习：作风专横，心胸狭窄，好弄权术，在员工之间挑拨离间。但是，当他了解了上司的艰难曲折的成长历程之后，他的慈悲心打开了。

就像每日注视着一个已经病入膏肓的吸毒者，他所能做的就是慈悲。在保护好自己不受更大的伤害的前提下，他在自己的工作岗位上尽量发挥积极的影响

力，以让上司在沙漠里尚能感受到人性的一丝丝溪流般的清澄和温暖。他或许没有力量改变上司已经形成的世界观和价值观，但至少，他想，他以自己微弱渺小的存在，可以让上司感受到还可能有另一种良善与正直的力量存在。这种力量并非只是在小说电影里才有，在每个人的身边也是有的，只要你还有心力去感受，去发现。

我一直不是很明白，我的一个极其优秀的女朋友，在他的老公面前特别能够忍辱负重。老公懒惰，她忍；老公对她不忠，她忍；老公有暴力倾向，她也忍。她说："当你全部了解自己的男人之后，能选择的，一是离开，二是慈悲。我选择了后者。就像康熙皇帝曾经让自己最爱的女人去做苦工，甚至刷马桶，而他的女人居然也默默忍受了，一直忍受到她有一天活活累死。"她说："我知道他心里苦，如果他虐待我就能缓解他的压力，让他情绪释放，让他有快感的话，我没有话说。"

我的那个女朋友也是如此。她愿意是老公心理健康的那个出口，那个挂在角落里随时准备承受凶猛捶击的沙袋。呵呵，那真是我见识过的最最惨烈的慈悲训练。当然，康熙的女人除此之外并无其他出路。她要么上吊，要么成为康熙情绪快感的一个出口。而我的那个女朋友是可以选择离开的。但是，她不。

我呢，仔细检讨自己，我一直不明白自己，为什么我对男人要求比较苛刻，而对女人比较厚待。对我不好的男人，我会以牙还牙，而辜负我的女人，我却一直对她们善待有加，即使不能一如既往，我也一定不会反其道而行之。现在想来，并不是我的性取向有什么问题，而是基于“因为懂得，所以慈悲”。我不懂得男人，但我至少明白做女人的种种苦楚与辛劳，以及身为女人的种种历史的、文化的、性别的限制与束缚。

所以，当她们冷语相对、不告而别、扬长而去，或者不接我的电话，而我反思自己与她们只有细节上的冲突、观念的分歧，并没有任何原则性障碍的情况下，我依然如素地一次次嘘寒问暖，一次次做慈悲训练。因为，我很清楚的是，对她们慈悲，就是对我自己慈悲。

口袋里藏不住猫

女友给我介绍了一个男朋友。见过面之后，我觉得他不适合我。他却对我殷勤有加，不停地给我打电话和发短信。可是，我考虑再三，还是觉得不妥。怎么说呢，单独看，他没有什么明显的问题，但与我却是两条道上的人。我是扎根在土壤里的现实主义的家草，他却是跳来跳去的浪漫主义的野猫。

我或许偶尔也会表现出好高骛远的倾向，骨子里却是真实的、现实的。 而他，一晚上的聊天，谈他九死一生的经历，听得我惊心动魄，脊背上直冒冷汗。如果他说的每一段经历都是真实的，我害怕。因为，他太伟大了，太强悍了。每一次冒险如果搁在我身上，都能致我于死地，我草生一秋，只有一条命，而他是猫，有九条命。但如果他说的统统是假的，我当然就更加害怕了。一个人能把假的说得比真的还真，那岂不是太可怕了。把这样的男人留在身边，不亚于安放了一枚不定时的炸弹。

他还是有追求我的意思，我出于感动，也出于友善，把他介绍给了我的另一个女友。那个女友应该比较适合他。因为我觉得他们虽然也不算是一路人，但她至少是有心力和智慧与他角力比试的那种女人。

果然，一个星期后，女友兴高采烈地致电我，说她准备闪婚了。他们相见恨晚，他们彼此看着很顺眼，他们聊得很开心，他们玩得也很舒心。我真是为他们高兴，因为他们的幸福里面也有我这个红娘的一份功劳，所以，我就兴奋地拨打了几个电话告诉了相关的几个女人。

这几个女人与这个男人都有过或深或浅的交往，所以，她们对我的好消息基本持怀疑的态度。在她们的眼里，这个男人不仅是个问题男人，而且，很有可能还是个危险的男人：没有事业基础，没有金钱资本，没有靠谱的品行，甚至也没有稳定的个性。

他跳跃的身影倏忽在阳台上、屋檐下，又突然出现在你的枕头边。好脾气的时候，他会像猫一样，抓住你盘子的边缘，舔食你的残菜剩汤引你欢心。不开心的时候又如何撒野呢？会在你的沙发上撒尿，把鱼刺肉骨头什么的，藏在你的枕头下面。

我隔壁老太太家的猫就是如此顽皮，又是如此恶劣。猫是她儿媳的心肝宝贝，可是，老太太和她两情不悦，时常冷脸。于是，猫就察言观色，伺机行动。老太太准备睡觉了，掀开被褥，藏在里面的猫突然跳出来吓人。更加可恶的是，它居心叵测地留在那里一堆猫屎。

不过，萝卜青菜各有所爱。我之毒药，他之甘露也。但她们都审慎地表示，静观其变。为了印证她们的担忧，她们透露了不少我以前不知情的内幕。于是，我有点发懵。出于对朋友负责的态度，我慎重地给那个幸福的小女人打了一个小时的电话。主题是可以同居，而结婚请务必三思而行。

她却在电话里很不以为然，说："你们是嫉妒我吧？其实你们的忧虑我早都想过。如今的男人哪个是靠得住的？我们也就只能在坏男人堆里挑出一个还不算太坏的就是了。再说，我也就城市贫民一个，家无长物，有什么好担心的呢。再坏的男人，比如海盗，却有可能对老婆孩子心肝一样宝贝呢。"既然她有这样的见识，我也就不便多说什么，免得庸人自扰。再说，人是我介绍过去的，现在人家成了两口子了，我在一边瞎嚷嚷什么呢。

可是，半个月之后，女友发来短信，说她被骗了。一个星期的高峰体验，她瘦了三斤。而被骗的羞辱使她又瘦了六斤。她调侃说，认识这个男人的一个月，成了减肥月了。也好。算是意外收获吧。

我自然是大吃一惊，急忙打电话过去，女友正在悲伤。她说：“其实，对他的品性，我比你们谁都看得清楚。可是，我就是喜欢他。因为他有趣，他能逗我开心。原以为我对他好，他就会收手，从此和我踏踏实实地过日子。可是，口袋里藏不住猫。他还是猫性不改。只规矩了一个星期，他就又出去溜达了。这时候，还不定在哪个女人的餐桌上谈他九死一生的伟大历程呢。”

后怕

前有古人，后有来者，念天地之匆匆，俺怆然而涕下。

我私自改写了陈子昂《登幽州台歌》的千古名句，是觉得也许这更符合现代人的内心感受吧。与朋友们在一起喝茶，经常听人感慨万分地说，八零后、九零后的小孩都已经露出尖尖角，要来与我们分一杯羹了，想想真是后怕。

后怕什么呢？

前不久，去参加一个高中校友会。被邀请、也愿意参加同乡会的人，基本都是在社会上已经混出一点人样的，属于有面子的成功人士。当然，除我之外。因为我是写作者，基本上属于边缘人。历年的校友会我都拒绝参加，今年来了，也是因为要见一个很久不见的老友，谈点事。

席中有一男士喝高了，开始倾诉他的个人奋斗史。他说：“我到现在还经常做恶梦，梦里我高考落榜，我只好继承父业，在老家的巷子里摆一个烟酒杂货铺。已经面目苍苍、衣衫窘迫，活脱脱我穷酸落魄老父的翻版。”

而其实，他在京城已经拥有两家私企，老婆孩子也已经移民加拿大。他说，他是三次高考，两次落榜，第三次高考前他给自已立下生死状。不成功，便成仁。破釜沉舟，背水一站的决绝，对他是一个永远的痛，永远的刀痕。

还好，他考上了。毕业后，他被分配到国家机关工作。在一个正确的时机，他又做出了一个正确的决定——辞去众人羡慕的工作，断绝几乎可以看得见的仕途前程，他下海创业了。他说：“人生的两步关键的棋，我都赌赢了。可是，我还是后怕。几乎每隔一段时间，恶梦就会重现，醒来大汗淋漓。

“因为，如果我失败了，今天的我，会是怎么样的一个下场呢？和马路上那些面目模糊、眼神迟钝的人一样，终年奔波劳顿尚不足以养家糊口，几乎没有什么人权与尊严可言。于是，日日心怀怨恨，酗酒骂街，气急败坏。”

他的这种后怕，在很多人的心中潜伏着。每每在清风明月、夜深人静，理应最幸福最安宁的时光里，突然，像胃痛一般，不期而遇地侵袭了我们的大脑神经。严重时像电脑病毒一般来势凶猛，导致我们的心智系统在瞬间崩盘或者死机。很多意志力薄弱的人，甚至要靠酗酒或者兴奋剂麻痹自己。

不过，我听到过的关于后怕的最为极端的个案是来自另一个男士。他说，若干年前，有老家的中学老师介绍了一个女孩来京城找他。那时，他还是孤独寂寞的单身男士。老师的话里话外，也有给他介绍女朋友的意思。于是，在西直门的麦当劳，他们见面了。但是，只见了一次面。他再没有约会她，因为，女孩虽然很漂亮，但他看到女孩的指甲里有污垢，这让他很不愉快。

可是，就在去年的某个春天的夜晚，他贤淑美丽的太太在灯下看报，突然就大叫了起来，说："你看看，你老家的有个女孩，杀了她的情人，砍了六十多刀。好残忍呢。"他很好奇，就拿了报纸看。整版的报道，还有照片，他一看，立马脊背上冒了冷汗。那个女孩，就是他当年在麦当劳见过的漂亮女孩。

岁月弄人啊，短短的几年间，他结婚生子，仕途顺利。可是，那个女孩呢，与她单位的领导因情生怨，最后，她手起刀落，杀了他以解心头之恨。而她自己也在法网恢恢下，在一个晴空万里的日子里，被拉到刑场。临死，她都在咬牙切齿地说：

“我决不后悔。”

他说，当年如果她的指甲里没有让他不愉快的污垢，也许，他会与她交往下去呢。那么，他的命运，或者她的命运，又将会是怎样的呢?

只有老天知道。

就好像他刚刚走过了一个街口，突然听到背后人声喧哗，回头一看，原来一起车祸就在他背后两米远的地方发生了。而他，只因早过了一秒，被撞的就不是他，而是另一个倒霉鬼。他的心，收缩了，很痛。

写到这里，我记起《圣经》里有一个寓言。说是一个城市将要毁灭之前，神让很多人逃离。但要求所有的人不能回头看。只有一个妇人怀有好奇，就在她回头的一刹那，她变成了一根石柱。我一直不是很懂，为什么神不让我们回头看。好像现在有一点点懂了。

不准调头

去看一个朋友。他所在的社区是京城成功人士云集的高档住宅区。可是，与社区的名声不配套的是，它的道路曲折，交通颇为复杂。原因是每个开发商都自行其事，各建各的房，各修门前路。最后就难为了我们这些寻亲访友的人，几乎个个成了路盲。一路上被不准调头的标志整得晕头晕脑、气急败坏。

不过，兜了一个大圈子，再兜回来，想见的朋友还是见到了。一杯冰水，几样美味，心情也就调整过来了。但是，朋友无意间说起了一则故事，令我震惊不已。似乎也是不可调头的意思，只是，故事里的女人遭遇的不准调头标志，是在她的人生道路上。

她一定是很有几分姿色的。否则，她不会在十七岁那年，被一只“狼”叼走。她出身草根，在一家招待所当服务员。有一天，招待所里来了一位高官看上了她。没有多久，她就成了他的囊中之物。那年，他四十八岁，比女孩大了整整三十一岁，甚至这个女孩比他的女儿还要小几岁。不知道他是如何下得了手的。

几年后，高官升迁了，要回到省城里去，那里有他的妻女，他当然是不能带女孩走的。但是，女孩不肯离开。这位要抛弃他的男人是别人的老公，她却把他当作她自己的男人。他是她十七岁那年遭遇的男人。她未必懂得什么是爱情，她只知道，她的身体是他的，她的心也随之跟着他了。

他也许是她的一个错误的成长经验，却是她惟一的一个成长经验。她的生命里还没有来得及出现其他男人，只有他。他是她的全部，是她的天，是她的地。而且，很有可能她是爱他的。她对他的依恋远远要大于他对她的。所以，她不愿意松手。

他可以不离婚，但是，他不能抛弃她。她本能地知道，她已经不可能会有常态的人生。她的人生已经被这个男人拦劫了，在她青春年华、心智还远没有成熟的时候，她的人生就突然被迫改变了原来的方向。向着她不可知的、不可逆的方向急剧地滑落。只是她不知道是在滑落还是迫降。她和任何一个向往美好生活的女孩一样，心存侥幸。

如果她被撇下，她一个人孤独无助地留在这个小城里，她的命运可想而之，她除了被动地等待下一只“狼”来叼走她之外，别无出路。在小城里，谁都知道她陪这个男人睡了多少年。一个被抛弃的女人，她只会每况愈下，成为人们茶余饭后的谈资，路上任何一个女人都有可能嘲笑她、唾弃她，甚至任何一个男人都可以羞辱她、窥视她、觊觎她。

何况，她的背后还有家庭的压力。家里人渴望她来改变一穷二白的状态。她成了家里的一棵摇钱树。她一定很孝顺，如果她能改变家庭的命运，她会很高兴的。

于是，她“以死相逼”。

后来，她被高官安排到了省城里工作。她的家人也都随之得到了他们想要的。再后来，她给她的男人生下了一个儿子。作为母亲，她想要的东西更多了。她觉得自己有权利帮助自己的儿子名正言顺地成为这个社会的宝贝，像幼儿园里的其他孩子一样，在阳光下茁壮成长。她的儿子一定要是正面成长的小王子，而不是名不正言不顺的黑暗之子。

于是，她再次“以死相逼”。她终于触动了高官的心理底线。他认定她是任性的、危险的。十三年的耳鬓斯磨并不能使他心慈手软。在他的直接授意下，有一天，他们所在城市的交通要道上发生了一起恶性爆炸案。下班后她自己开车，座位下的炸药雷管之类的机关事先已经被人放置好。在她必经的十字路口，她的家就在马路对面，有人遥控引爆了炸药。

记者报道说，被炸的女人几乎是粉身碎骨。但是，很奇怪，她的头颅干净完好，面容姣好平静。附近的居民发现自己家玻璃窗上血肉模糊。第二天，有警察来帮他们撤换了玻璃。高官男人后来为自己辩解说，他只想制造一起车祸，让那个女人丧失意志，他并没有一定要她死，是他的手下人会错了意。

昨天打开报纸，看见一则豆腐块大的简短新闻，说是爆炸案的主谋已经被判死刑。不知道她和她的男人在另一个世界里会不会再次相遇。而活着的人，他的妻女因他的所作所为而被蒙上的羞耻什么时候才能被她们自己以及世人淡忘？还有，那个还什么都不懂的三岁小儿呢，成年后，他的亲人又该如何告诉他人生的真相？

以心换心

我从小就被灌输一个大道理：对人要真诚，要将心比心，以心换心。一路实践下来，这个道理，真的就是一个大道理。因为遵循这个道理，我受益多多，受伤也多多。但是，平衡下来，终究还是获益的。因为大家都说，吃亏就是福，人生的历练也是一份财富。

有如此见识的前提是，在你以心换心的过程里吃亏了，但还没有心之全蚀，你还有回天之力。可是，我的一个同学阿萍，她已经走了，离开北京了。临走之时，她约我见面，说想谈一谈，说说心里的委屈。从她奄奄一息的语气里，我感觉她受伤很严重。

我曾经想学摄影，上过一个摄影进修班。因为我不住校，和班上同学的交往就很淡，和阿萍也没有什么特别的交往。为期半年的进修结束之后，大家作鸟兽散。散了，也就散了。

所以，一年后，阿萍情绪低落时想到要和我谈谈心，我一开始还是有点犹豫的。但转而一想，我和阿萍的交情很浅，她却想到要找我述说心事，可见她的状态已经濒临山穷水尽了，我怎么能再拒绝她呢。

我们约在一个茶馆见面。她来了，好憔悴，分别一年却老了五年的样子。其实，那时，牙痛好几天的我状态也不佳，只是强撑着而已。而她，是到底撑不下去了。她说："我到北京来进修，其实是为了一个人。一个男人。我和他是在网上认识的。他是一个大学老师，离过一次婚，自己有一家文化公司。他要我来，虽然没有明确允诺我什么，比如婚姻，比如爱情，但是，他一天三个电话地催促我，我感觉他还是很有诚意的。为了保险起见，我就先和我工作的单位说要到北京进修半年，其实是给自己一个退路。

"但我对他一见钟情。半年后，我就留下来了。我在他的公司里忙前忙后了半年，现在却不得不走了。可怜我居然到现在才看清楚他是一个什么样的男人。他的所作所为，完全在我的智力范围之外。

"比如，他让我到他的公司工作。他说，工作场所他不想让别人以为他和我有什么特殊关系，所以，试用期三个月内，他没有给我一分钱工资。他还让我自己在网络上找信息租房子住，房租当然也是我自己掏。虽然，隔三差五，他也来住几天。还好，我把自己的一部分积蓄带来了，还能维持一段时间。

“我想，试用期后，他应该不会再让我白干了吧。但是，三个月过去了，他一点反应也没有。我只好自己硬着头皮问他。他说他忘了，然后，他问我：‘你的期待值是多少呢？’我实在不好意思和自己心爱的人谈钱，但我的钱包已经干瘪了。我要买米、买电、买水，还要交房租。我就说：‘你看着办吧，差不多就行。’他说好。

“到月底了，财务让我去领工资，我一看，就懵了。他给我的工资也就是保洁员的工资水准。我问会计，有没有搞错。她说，没有啊，老板就是这样批的。我忍不住跑到洗手间哭了。但是，我还是不相信，就直接跑去问他。他看着我，一个字一个字地说：‘我希望我和你之间的感情，与金钱没有关系。情义无价，是吧？当然，京城的物价比你原来的小城市要高很多，眼下公司不是很景气，等过一段时间，有一笔投资会到账，到时候我会对你有所补偿。’

“我无话可说。在我和他交往期间，他除了请我吃过几次家常菜之外，没有为我花过一分钱。临走，我问他：‘你爱过我吗？’他说：‘爱是不能说的。等到能够说出来的时候，就已经变味了。’

“其实，我铁了心要走还因为，他不在公司的时候，让我帮他接电话、打理很多事情。于是，我知道，如我这样对他有梦想，渴望从他那里得到爱情的女人还有好几个。我绝望了。

“但是，我已经辞职，南方的小城是回不去了。这时候，别人给我介绍了另一个男人。他离异，有一个女儿，有房，有车。这次是男人对我一见钟情，是男人自己表白的。认识一个多月，他就让我搬到他的家里住了。在京城漂泊的我一下子觉得很温暖。可是，没想到，半年后的今天，我拎着自己的箱子无家可归，一个人在京城的大街上无目的地走，一边走，一边痛哭。

“为什么呢？我回南方探望父母半个月，等我再回来，发现家里多了一个女人。她是他女儿的母亲，他的前妻。那个女人说，女儿要考高中了，她必须住在这里照顾她。我问他是什么意见，他说：‘她是她女儿的母亲，为了女儿，我能赶她走吗？’

“我听明白了，他的意思其实很明确，他是要我走。我就走了。这不，我已经买好火车票了。行李就寄存在车站。对这个城市，我绝望了。我想，也许，我就不应该来。

“但是，我走之前，心里的疙瘩需要一个人帮我解开，就想找你聊聊。虽然，我和你没有交情，但同窗半年，我感觉你是明白事理的人。你说，我怎么就那么背运呢?

“我在南方一个小城里长大，京城一直是我向往的地方。在我们那里，你对谁好，他也一定会对你好的。所谓将心比心、以心换心啊。如果他不能对你好，他会一开始就告诉你‘我们不能开始’。

“可是，我在这里感觉自己很傻，智力完全跟不上。所以，我只好走了。但我是不甘心的。你说，是我有问题吗?”

我也没有话说，甚至安慰的话也说不出口。我能做的就是忍着牙痛陪她坐到晚上，然后送她上了火车。火车开动的时候，她从车窗里探出身，依然眼神干枯，质疑地、不甘心地看着我。

阿萍走了都有一年多了，我每每想到她质疑的眼神，心里就很难过。曾经拿她的问题请教一个资深社会问题专家。他说，阿萍她是咎由自取，她不懂以心换心是建立在双方综合实力相当的基础上的，在男女情爱关系中更是如此。她是一个没有任何根基，也没有任何自保意识的文化打工妹。她遇到的这两个男人没有能力对她好，也不想对她好。在他们的逻辑里，说难听了，欺负了她还是看得起她呢。在这样的情况下，阿萍的以心换心就只是一厢情愿，她只能失望了。

“世风日下”

脱口说出“世风日下”这个词时，我感觉自己像个道婆，很不知趣，更不讨人喜欢。不过，这是我极为真实的感慨。

记得当年我一手衣箱、一手书箱到京城读书，举目无亲，约了一个通过几封信，但是没有见过面的文友来接站。他来了，面目可喜，言语也有味，很殷勤地请我在一个街边小店吃了一碗老北京的炸酱面。然后，就送我坐公车去学校。

走路去公交车站，路过一个街心花园，薄暮时分，影影绰绰地有不少成双成对的男女在那里亲密。他突然说：“累了吧，进去坐一会儿吧。”我隐约觉得不对劲，但初来乍到的，完全没有拒绝别人的心理力量，就没有说话。他拖着我沉重的书箱走在前面，我拖着略微轻一点的衣箱慢吞吞地走在后面。

可是，接下来的他突然的举动，吓到了我。他突然把我逼到一个角落里，捧起我的脸就强吻。我完全反应不过来，只是本能地挣扎着躲开他，站在离他两米远的地方与他默默对峙。过了几分钟，他长叹了一口气。两人再无话。之后，他送我去学校，再也没有联络过我。

这事儿到今天为止，我从没有与人说起过，不是因为难于启齿，而是，不知道如何陈述这件事情。因为，我到现在也没有想明白，他是怎么了。他在文学上已经小有成绩了。他是因为喜欢我吗，还是一时的心血来潮？或者如前不久有几位成功男士公然在媒体上面无愧色地宣称的一样：“我风流，但不下流。”或者，哪个男人没有逢场作戏过?

如果说他是因为喜欢我，但是，之前他没有对我表露过，之后也没有。那么，就是逢场作戏了。如果我只是他逢场作戏的道具，我即使没有羞辱感，也决不会有什么荣耀感的。由于有了这个男人的如此意外的见面礼，我在京城与男人的交往就小心翼翼，甚至如履薄冰了。

半个月前，四个闺蜜约在茶楼过一年一度的女人节。真是有人欢喜有人忧。有一个美女捧着鲜花来了，她刚刚收到的，却不方便带回家，怕被老公看到，扔掉又不合适，就想着拿来与我分享，并由我带回家保鲜，勤换水，至少还能欣赏半个月。另一个美女，从包包里拿出一盒有情人快递给她的瑞典巧克力，我们得以分而食之。我呢，除了一串祝贺的短信之外，没有收到一草一木。没有礼物拿，原本也没什么。可是，如果身边有人收到了礼物，而我没有，就难免有点落寞了。

于是，我这个既没有老公爱，也没有情人疼的女人，就成了她们三人语重心长教育的对象。她们说："你不要再守望不切实际的空缈的爱情，更不要相信婚姻的土壤里还可能有浪漫的爱情存活，那是不可能的。"

她们又说："虽然不要相信爱情，但是，我们仍然可以相信人生大的悲哀里还是有很多细小的快乐的。所以，如果你过得快乐，我们恭喜你；你如果还是一个人孤苦伶仃地熬日子，我们可怜你。当然，前提是不要乱搞我们的老公，或者我们固定的男朋友。除此之外，你爱谁就是谁，我们不管，只会祝福你。"

我闻听，大乐，被呛住了，一口茶喷了满桌。真正是世风日下啊。四个女人穷开心到半夜。回家后我失眠，被莫名的悲哀包裹着。那是一种被淹没了喉咙，喊不出声音的忧伤。

家教

骂人最狠的一句话，莫过于“某某缺少家教”。

一个人缺少家教，或者是因为小时候被溺爱，或者是他成长的家庭环境本身缺失了这一块文化传承。还有，就是地域、风土人情的差异，使得很多人的行为习惯被误解。比如，一个南方女人到了北方，经常被人说娇气，甚至不懂事。

很不幸，我就是这样的人。而且，三个不良因素俱备。记得很久以前，那时候的我还是花容月貌，经人介绍，认识了一个海外留学回来的上进青年，相谈甚欢，几个月后，就被邀请去见他的父母大人。

在一个高档餐馆，我修饰整齐，满怀紧张与期待地出场了。他父母是很有身份的那种人，打量之下，他们流露出对我还算满意的态度。落座之后，服务生上茶。我的男朋友示意她离开，然后侧过头看看我，我也看看他，完全不懂他的暗示。于是，足有几分钟，我、他、他的父母，我们四人面面相觑。我想，他也许是在等茶叶泡开后，再给我们斟茶。

但是，他明显是不高兴地提起茶壶给我们一一满上，接着把茶壶重重地放到我的前面。我突然明白了，立即脸红到了耳朵。

那时，我第一次因为谈婚论嫁的关系见对方的父母，而且是北方的父母。即使在南方，我也没有任何相亲的经验。我已经习惯于被人照顾、关爱具体到每一个细节。又因为紧张，完全忘了我应该有的举止。

于是，脸红红的我就很殷勤地不停地站起来倒茶。但是，他们还是不怎么愉快。我不明白为什么。他忍不住出手把茶壶的嘴转向无人的一侧，然后，定睛看着我。

我的脸又红到了耳朵。从小到大，我时时受人表扬，被人夸赞，却在那天露出了很没有家教的粗陋。可是，从没有人教过我，也没有读到过哪本书，说茶壶的嘴只可以对己，不可以对人，尤其不能对尊贵的长者。否则是失礼的。我真的不懂。

那次相亲之后，我的自尊心很受伤。他和我勉强又交往了一段时间。有一次，他说想尝一顿我亲手做的菜肴。那时的我除了煮方便面和鸡蛋，几乎什么都不会，甚至对熬粥时水和米的比例也没有把握。我不知道北方人喜欢喝的粥是稀稀的，而南方人喝的粥是稠稠的。那天的晚餐他没有吃好。放下碗筷，他没有说几句话就走了。

这是我和他的最后一次见面。

这件事过去好久了，有一次我回南方老家探亲，无意中与父母说起了这件事。母亲叹口气说："因为你在家里排行最小，什么事情都不要你动手，只希望你把书读好就行了。即使你做错了什么，也不忍心说你，怕你不高兴。没有想到，是我们害了你呢。"

父亲在一旁恨恨地说："我们只以为你聪明，读的书比我们还多，长大了你自然什么都明白了。哪知道你读书只读出了一个书呆子，连把自己嫁出去的本事都没有学会啊。"

可是，我在另一方面受到的家教，却显然又是过于保守甚至严厉，比如，女孩子的性方面的禁忌。意识到这个，是因为有一次我与几个朋友一起吃饭，他们比我年长，孩子都已经读中学或者读大学了。席中有一个朋友携了女儿出席。他的女儿刚刚考上国外的一所大学，而且是全优的奖学金。她端庄清秀，始终腰背挺直，面含微笑地听大人说话，不多言、不多语。可是，别人问到她什么，她也从容不迫、条理清晰地回答问题。什么叫不卑不亢我算是见识了。可是，她还只是一个大一的学生，竟有如此定力。

她的表现给她的父亲挣够了面子。大家一致称赞她，她居然也能淡然处之，荣辱不惊地置身事外。这就不是一般的家教了。后来，她有事先行告退了，临走前，依旧把她的座椅轻轻放回原位。

旁人忍不住请教那个面露得意之色的父亲。如此优秀的女孩，看起来也单纯，年纪轻轻就放她一个人出去读书，难道不担心她遇上坏男孩吗？那个做父亲的很高兴有机会显摆他的育女经。他说："她上高中的时候，我是决不允许她谈情说爱的。到她进大学的那天，我说，你现在已经有资格谈恋爱了。如果你喜欢，你可以做你想做的任何事情。因为你已经是成年人了。但是，老父有三点忠告望你记取：

"一是男女性知识你懂得了多少？尤其是性的安全，性的道德，你明白多少？如果还不够，立即去补课。提供书目若干。

"二是务必明白两情相悦的原则。你交往的男孩子如果向你提出性方面的要求，你也感觉同步，想做什么就去做，享受你生命的欢愉没有什么不对的。但是，如果你觉得你还不是很爱他，还不想那么做，千万不要勉强，以付出你的性来维系和男人的感情是不明智的。你尽可以拒绝，否则你不会快乐。

"同样，如果你爱上一个男孩子，想要与他有性方面的交流，但是，他并不爱你，你也不要勉强他。妄想以性来征服一个男孩子也是不明智的。

“三是千万不要和有家室的男子来往。那是自取灭亡。”

先不去说他的三点忠告是否妥帖，他的开明的、科学的态度就让我折服。由此，我想到我从小父母对性的禁忌式的教育，要么闭口不谈，要么谈性色变。偶尔晚上回家晚了，父母脸色铁青地坐在客厅里，大有我如果再晚一点回来，他们就要报警的声嘶力竭的态度，让我胆战心惊。约会的欢快情绪早已经被吓得不知去向了。

所以，从小到大，我与男性交往都是战战兢兢的，紧张兮兮的。因为，背后来自父母的忠告与监督的目光，像墙上的标语与口号，无处不在、无时不在。心理上的不开放，导致了我很长一段时间对男人、对性采取拒绝的态度。即使现在。

这种不良心态，也是一种不良家教。

我身边也有两个被不良家教耽误的女子。一个是正当青春，却怎么也不肯出门去相亲。读大学时，也有男孩子约会她，她居然从没有和男孩子手牵手去看过一场电影。现在三十好几了，不相信感情，就惦记着什么时候去医院人工受精，生一个孩子相依为命就是了。她对男人完全没有信心。原因是她从小到大，离婚的母亲给她灌输了太多的男人不是东西的家教。

另一个女子美貌、高学历，可是，三十多了也还是单身。其实，她身边不缺少男人。可是，这些男人都消受不了她的骄蛮，都说不敢娶她回家过日子。我亲眼所见，有一次大家喝茶座谈一个话题，谈着说着，不知怎么了，她恼了，站起来拂袖而去，把大家晾在那里。过了几天，她电话我，满是委屈地说："我从小就是钢琴、芭蕾的优等生，被美女、才女叫大催熟了的。我怎么能受得了一丁点的委屈？"

有意思的是，前不久我认识了一个台湾男子，他出身书香门第，在十五岁那年，被家族送到美国读书。他也写书，且有不俗的成绩，而且，阅读量知识面非常广；在汉语、英语之外还懂德语、法语、拉丁语等多国语言。我与他认识只是偶然。他比我小很多，所以，自然不能成为男女意义上的朋友，而只是读书坊间的文友。

有一次，我带他去一个读书会，是在一个教授朋友的家里，高朋满座。可是，不夸张地说，人人都被他的风度倾倒。那位教授的孩子刚从德国留学回来过圣诞节，也很专注而好奇地看着他说："你很像一个拉小提琴的，不像是一个我爸妈那样写书的。"孩子的眼神里有崇拜的光芒闪烁。

但是，我在他面前也会紧张。因为，他的风度，他的教养，在举手投足、言谈微笑里，时时处处地自然流淌出来，让我舒服，却也使我不由自主地紧张。我想，我是爱上他了。那种爱，是对一个类似于精致艺术品的热爱。

在他面前，我居然产生了自卑的情绪。因为，他的精致与教养，以及由此而生发开来的安详平静的气场，反衬出我的浮躁与不安。我算是见识了，古人形容一个男子的所谓的玉树临风，翻译成现代汉语就是优雅。那种风度，不仅仅是他得体整洁的衣着、谦恭有礼的举止。每当与他交谈，他睿智而安静的眼神注视着我的时候，我深刻地感觉到了一个男人内在教养的力量与美感。

这样的男子，居然还没有女朋友。他妈妈说让我帮他张罗。可是，每每想起他的时候，我都在想，什么样的如花的女子才能配得上这样一个如玉的男子呢？

第三辑　秋末霜

我这么多年来，在寻找一种温暖的眼神。这种眼神，理性而不冷漠，感性却不放肆，年轻但不浅薄，睿智却不世故，友善却不轻佻，悲悯而不绝望，内敛而不自闭，稳定而不失灵动。它让你觉得亲近，却也知道不可以完全靠近，更不可以亵玩。哪里去找呢，这是类似神的眼神。

邻家男人

邻家男人之一。

根据萧红的小说《生死场》改编的同名话剧，我居然很幸运，前后被邀请看了两遍，新旧两个版本都看了。看第二遍的时候，我对后半截出场、演得很认真但很快就不知去向的翻译官，觉得眼熟。不仅因为在两个版本里这个角色是同一个演员。我一定是在舞台外见过演员本人的。我一直很相信自己的视觉记忆，读书是，看电影也是。看过的，大体知道，但如果只是听过，却不一定能记住。对人的面孔，尤其如此。

果然，第二天下午，我在树荫下散步，那个“翻译官”就气急败坏地走过来了。他手里拎了一袋子啤酒，大概有七八瓶的样子目不斜视，旁若无人，沉浸在自己的情绪里，匆匆过去了。

对，就是他。他好像永远是一副气急败坏的面孔。舞台上固然是，在生活里也是。也因为他这副气急败坏的面孔，在众多来往的邻居里，我记住了他这张应该说也算是英俊而年轻的，但是很不开心的脸。

每次见到他，他几乎都是拎着酒，还有明显已经喝高了，喝得脸红脖子粗的面孔。不曾见他身边有过女人。最近一次见他，是我坐在小区旁边的餐馆吃饭，位置在二楼，从我的视线望出去，正好看到小马路对面的车站站牌下，很多人在等公车。他，那个演翻译官的男人就在其中。他那天没有喝高，脸色苍白，但仍然充满了等待的焦虑。

我看着他，发呆，一起吃饭的朋友问我为了什么走神。我想了想，就告诉了他。我长吁短叹，感慨人生的悲凉。这个邻家男人，在舞台上也许永远是一个跑龙套的角色，在生活里，也许也只能是一个小人物。孤独，无人喝彩。他此生有咸鱼翻身，时来运转的机会吗？难说。也许有，也许没有。

邻家男人之二。

自从不用坐班在家写作之后，我睡懒觉的时候居多。那天，也不知道哪根神经动了一下下，我突然早早就醒了，因为醒得很早，就有点不知所措。看窗外有晨雾缭绕，于是就很想去社区公园里散步。随便套了一身家居衣裳，脸也没有洗，就下楼了。

离公园还有几步远的时候，突然，我的视线里出现了恍若电影镜头里的帅哥。他背对着太阳，一步一步向我走来，那么帅气而高大，我突然就很无力，又很小资地想起了台湾某某女作家最喜欢用的词汇：惊为天人。

等他从我身边走过去了，我才长长吁出一口气。心里颇为得意，我们这个并非高档豪宅的小区里，竟也有这等人物，我好运气啊。

以后早晚的散步，我居然又有几次与他照面的机缘。不过，我大概总是蓬头垢面的样子，说是照面，也只是我单方面眯起眼睛窥视他。他并没有正眼看过我一次。虽然，凭感觉，他的余光也是观察过我的。只是，类似我这等惊艳的目光，他也许是太习以为常了。

我开始揣测他的身份、职业。他的着装看似随意，其实有款有型，绝非地摊货，颜色与质地，非常讲究、得体，而又不张扬。他身瘦而高，戴一副无边眼镜。

我居然看不出他的职业，也看不出他是否单身。而且，居然看不出他的年龄。也许是三十，也许是四十。总之，我积累的一些阅人阅世的经验，在这里全都用不上。真是奇怪。说他是一个演员，他好像过于内敛；说他像一个大学教授，他又显然过于时尚；

说他是“资本家”，面目又过于清朗了。但是，女朋友他好像是有的。

有一天傍晚，我远远看见他一个人在公园的小径上急走。我与他擦肩而过。拐过一个弯后，我又一次惊艳不已。一个有着模特般魔鬼好身材，面容也姣好的年轻女孩迎面走来。我一边快走，一边啧啧称奇——小区竟然还有如此姿色的女孩。不料，再走一个圈之后，我心仪的男人与那个漂亮女孩居然拢在一起，有说有笑地漫步过来。

好似尘埃落定，再没有悬念。电影看完了，好莱坞式的大团圆。只是剧情与我全无关系。但是，仅仅是观众，感觉也是愉悦的。如果他的身边出现的，是一个与他不匹配的女人，我会不会愤怒？但至少我会失望，他对女人的品位为什么不如他的着装呢。所以，我终于松了一口气似的，从此放心。很奇怪，他再从我身边走过，我的脉搏与脑波已经非常正常了。

邻家男人之三。

我和他面面相觑，如果落差十分之一秒，我和他就不会见面。

那天中午，我急慌慌关上电脑，满面焦躁地奔出去。因为米罐空了，我必须去超市。他也急匆匆停好车，冲过路口，要去对面的银行买电。我和他就在路口，打了一个照面，擦肩而过。

他都已经冲过去了，我突然下意识地嫣然一笑。我的微笑，居然被他收拢到了视野里。他跑过去几米远了，猛地回头，喊了我的学名。认识他的时候，我还没有用现在的笔名呢。

他是我十年前的故友，是有点暧昧，但终究没有机缘发生恋情的故友。当时他只是一个在读的博士生，如今，已经是一所名校的博导。

十年分别两茫茫。是谁说的，该见面的人总是会再见面的。世界很小。我们居住的这个社区却好像很大。因为，在这个社区住了六年了，我，他，今天是第一次意外接上了头。

我们站在六月的大太阳下，唠嗑。两个人都家常打扮，我的衣襟上满是果渍——西红柿、西瓜，等等。他以为是奶渍，问我："做妈妈了？"

我笑："很想，但是没有。"

"为什么？还不赶紧生。"

我笑："因为还没有找到孩子的爸爸啊。"

他也笑，说："我都结婚十年了，也没有要孩子。以前是不想。现在，有点晚了。但是，我们养了一条大狗，比我人还高的大狗。很凶猛。前不久把它送回老家，结果，它不喜欢。绝食。没办法，就又接回来了。我太太在一家外企做人力资源部经理。如果生孩子，她的职业生涯就此中断。而且，她的年龄也不很适合生育了。”

他突然焦躁起来，说：“我要去买电了。家里人还等着呢。”

匆匆分手，等我从超市回家，焖上了饭，才想起彼此居然没有留下电话。如今，半年过去了，我再也没有见到过他。

邻家男人之四。

他有一张类似哲学家的脸，眼神虚幻，表情却很深邃。

每天他都沿着小区的花径转圈慢跑，跑过了N圈，然后坐到路边的木头长凳上，望着来来往往的邻居，发呆。他衣衫整洁，而且颇为讲究，鞋子都是一尘不染的。

可是，很快，我们知道了，他只是一个智障人士。其实，他也没有做什么，可是，我们就是知道。因为他只有一副表情。还因为，他走着、坐着、站着，都和别人不一样，肢体的协调感很怪。其实，他的身体正当青春年华。他的大脑仿佛已经风烛残年了。

很多时候，他不是一个人。他母亲，有着一张灾难深重的面孔，这位五十多岁的妇人陪着他走，陪着他坐。她眼神里的爱很多，和她的忧患一样多。她基本不看周边人的目光，偶尔，目光所及，她都回避过去，好像很羞愧的样子。

我有时候想，他真有福气啊，有他妈妈贴身呵护，他比很多人都要幸福。但是，如果他活得足够长，他妈妈如果死在他前面，他怎么办呢?

我想的问题，大概友善的邻居们也都在想。他妈妈更是想了无数遍。所以，过了没有多久，我们想的问题就有了答案。他的身边出现了一个年轻的小姑娘。她眉清目秀，很有耐心地陪在他身边。她或许是请来的保姆，或者是他妈妈给他娶的媳妇。

但是，没有多久，那个小姑娘就消失不见了，再没有出现过。依旧只有他妈妈一个人，春夏秋冬，一天一天地，一年一年地，守护着他。那么，他父亲呢？在哪里？没有人知道，似乎也没有人敢问。我听说过类似的故事，做父亲的一看生下的孩子是智障，就想往楼下扔。做母亲的不忍。于是，有一天，父亲出了远门，再也没有回来。

我每天出出进进，走过他的身边的时候，心里都有点发慌，就会快步走过去，或者故意打手机，把自己的注意力转移。出门开车我也会尽量小心。因为，我知道，我比他更孤独，我比他更无助。因为，万一，假如，有那么一天，我出事了，谁会守护我呢?

你在等什么

最怕别人说，你们单身女人多自由啊，爱谁就是谁。没有心理负担。不像我们有家庭的，搞个艳遇也难。这话乍听之下，也没有错。笑一笑就过去了。回家自个儿一琢磨，满心悲凉与无奈，甚至愤懑。

为什么呢，因为，事实上我是夜夜荒睡。

在人间四月天，或者每每鱼肉大餐过后，辗转反侧，夜不成眠。身体里的欲望蓬勃汹涌，仅靠意志力是很难抵挡的。因为，即使到了梦境里也不踏实，或者梦见自己赤身裸体在人前游走，惊出一身冷汗，或者梦见自己在与一个面目模糊的男人交欢，醒来羞愧难当。

后来，但凡有人在我面前说风凉话，我就会反唇相讥。

我说，如果你只是想乱搞搞男女关系，你也许比我更容易。因为，你们有家庭，对方会比较没有心理负担，不担心你们有一天打上门去死活要讨个婚姻。但是，如果你们和我一样，也想在这个乱世里寻找一份真实情感，建立一份彼此忠诚的、稳定的、一对一的、灵肉统一的情爱关系就很难。大家都难。你也难，我也难。

他们沉默，黯然。

两个感性、知性水准与内心风景相当的男人和女人碰到一起，本身就是一个难。然后，又正好彼此都处在“空窗期”，就更难。即使开始交往了，细节上的契合与心灵的节奏正好同步的就难上加难了。有些人侥幸成双成对，如胶似漆了，就叫作有缘。更多的人彼此擦肩而过，就是无缘，或者是缘分不够。

尽管我没有国色天香，也没有万贯家产，但是，如果我只是想搞搞男女关系，我相信，我还是不缺少枕边人的。以前有午夜凶铃，现在则是短信袭击。经常有男人问：“你一个人吗？我现在过来喝茶行不？”他们哪里只是想喝茶。

拒绝他们是需要勇气的。因为，我也寂寞。更因为其中也不乏品貌双全的阳光大男孩。我的感官系统正常且饥渴，他们又是上等的好茶。

那么，我还在等什么呢？

说起来羞愧，我也不知道自己在等什么。

等到我把所有的、可能的艳遇扼杀在摇篮之中，空对一帘清风明月，我也经常自嘲，我在等什么呢？说在等一份爱，连我自己都觉得矫情。而且，我是不是还像十六岁的少年那样，理直气壮地相信人世间的爱情存在呢？我已经一千次一万次地拷问自己。答案是不确定的。因为，有时候觉得是有的，又在很多时候是怀疑的。

我静下心来想了很久。

我想，我的内心障碍一个是技术层面上的，另一个是心理层面上的。脱衣服的技术，我觉得是难的。在一个还远没有交往到心心相通、息息相关的男人面前，主动或者被动地脱、脱、脱，每一个脱字都是惊叹号，是禁忌符号。我还是排斥的。作为女人，强烈的羞耻感阻碍着我，哪怕眼前的男人貌比潘安。

我想，身为女人，即使已经不再奢望惊天动地的爱情，骨子里还是渴望拥有一份天长地久的温情。女人的身体是不会，也不应该轻易被打开的。当她没有得到感情上的承诺，哪怕只是虚情假意的海誓山盟之前，她很难为一个午夜凶铃般袭击她的男人打开她的身体。

有时候，虚情假意的海誓山盟，也可以成为爬上女人绣楼的竹梯，成为打开女人闺房的钥匙。那是大餐之前的开胃红酒。

这里，我要引用身边一个女友的经典的话语。在她拒绝一个勾引者的时候，她很温柔地对他说："当女人的身体被打开之后，她就会苦苦地守望，会满怀激情地期待。而你又不承诺我一份感情。甚至，当我需要你的时候，我都不知道在哪里可以找到你。更不知道找到你之后，你的爱心与兴趣是不是还在那里。你呢，也只是空虚、寂寞、无聊的时候来我这里走一遭。你说我能怎么办呢，我怎么能接受你呢？"

此话我居然不是听女友亲口所言，而是那个勾引者在一个偶然的饭局上转述给我的。他之所以转述给我听，是想从我这里得到旁证。我当即表示深以为然。我对他说，她说的每一个字都是真实不虚的。

至于为什么从古至今，深情款款的大多是女人，而不是男人呢？这是上帝的旨意，我们人类很难解释清楚。

又一次相亲

“你今天晚上一定要打扮得妩媚动人。千万不可像前面几次，随随便便一条牛仔裤和一件半新不旧的T恤就出场了。”阿美痛心疾首地反复强调说。因为，她要陪我去相亲。

相亲的对象，她并不认识，是她一个朋友的朋友。不知道为什么她认准了此男士一定适合我，名牌大学出身，从过政，经过商，当然也离过婚。而且最最重要的，据说他一表人才。这比较能打动我。我满怀希望，就驱车二十多里路，赶过去了。

在京城闹市区的一家咖啡馆门口，远远就看见了一高一矮的两个男人，衣冠举止都不俗。我心窃喜。一会儿阿美也到了。我们安坐在一张四人桌两旁。阿美和她朋友坐一边，我和他坐一边。点的咖啡还没有送到，阿美就忍不住掏出袖珍的数码相机，对着我和他摁了几下快门，但是并不给我们看。突然我脑子里闪过一道灵光，阿美其实只是想拍他，她喜欢他。果然，她说："你知道吗，我第一眼看到你，就觉得你很像一个人。"她忍不住就开始调情了。

"是吗？那你看我像谁？"他也微笑地调侃着。看得出，他很受用。阿美说："你像《罗马假日》的男一号派克。"我转过头去细细瞅他，果然觉得他很像。他一米九的个子，长臂长腿，闲适有度地坐在那里，很养眼呢。尤其他的鼻梁正直挺拔，给我很男人的感觉。

于是，他们两个人面对面地微笑着，互相打听底细。他和阿美都是生于斯长于斯的老北京，也都出生在军人家庭。成长的经历里，有很多相近的地方，也就有很多共同的话题，于是，他们开始聊天。我是南方人，阿美的矮个朋友是台湾人，我们就面面相觑，再笑笑。后来，台湾人提议去唱歌，我们就很高兴地去了旁边的钱柜。

在唱歌的包厢里，阿美很自然地就和他坐得比较靠近，她点了几首情歌，也都演绎得深情款款。我对唱歌本不擅长，会唱的几首唱完了之后，就很乖地坐在一旁听阿美的歌。我心里忍不住想笑，看来今天不是阿美陪我相亲，而是我陪阿美相亲来了。

其实也没有什么，但是，情绪就无可奈何地淡了下来。我住在比较远的京郊，回家开车也得一个小时。所以，过了一会儿，我就只好提议散场走人。阿美他们还没有唱过瘾，很有点扫兴的样子。

我到家后的第一件事就是给阿美打电话，想调侃奚落她一番。电话没有人接。等我洗梳完毕，再打，阿美还是没有在家。是他开车送的她，看来，他们没有直接回家，而是又去了什么地方开心去了。我就试着发了短信，她没有回。我知道尘埃已经落定，他们两个定是有戏了。没有任何悬念的我，就关了手机，呼呼大睡。

一夜无梦，睡到日上枕边，我才醒转了过来。坐在阳台上翻看当天的报纸，红红绿绿的世界如此热闹，往日也不觉得什么，今天却不知道为什么，我有点寂寞了。

一连三天，阿美都没有回我电话。她是不是觉得对我不大好交代，所以故意回避我呢？其实，阿美真是古典，这有什么呢。陪女友相亲，却一不小心把自己嫁出去了，这是古今中外经常发生的事情，这叫好心有好报。如果她真的开心，因此而喜结良缘，我会真心祝福她的。我和她两个人朋友多年，她获得了幸福，那我离幸福也就不远了啊。

一直到昨天，阿美和我在一个聚会上不期而遇。我逮住她审问：“重色轻友了吧。”她笑笑说：“我都不知道怎么跟你说。我要说了，你答应我一定不能生气。”

我说：“好的。其实我已经知道了，你们两个好了，是吗？”

“不是。”阿美说，“说实话，我是想把他占为己有。可是，他居然是有太太的，至少在法律上是如此。他的太太去了美国，三年了，没有回来过。”

我惊悸不已：“不会吧，那你的朋友怎么介绍他是离了婚的呢？那不是混淆视听吗？”

阿美好脾气地又笑：“他未必是恶意。因为按照外国的法律，夫妻分居三年，算是自动离婚了。如果他们提交了分居文件的话。”

“那你打算如何呢？”我很关心她和他的近况。阿美说：“没有打算。你是了解我的。我是一个有洁癖的女人，对有太太的男人，无论他多优秀，我有多喜欢他，我也是决不粘的。我对他说，哪天你把后院打扫清楚了，欢迎你来追我。如果那个时候，我还没有男朋友的话。”

呵呵，原来如此。居然如此。

过了几天，我有点郁闷，想找个帅哥喝喝茶、聊聊天，就想到了那个酷似派克的他。我想，即使是别人的老公，约了喝喝茶，总还是可以的吧。随便一翻，居然找到了他的名片。可是，我临打电话前，又犹豫了，是否需要确认一下阿美的意思呢？

我发了短信过去，她没有理我。第二天早晨她才回信说：“我还没有最后想好呢。不过，你真想见他，你就去吧。”满心的不情不愿。于是乎，我只好作罢，从此断了此念。

我们不做第三者

已经是绿肥红瘦，眼看这个春天又快过去了。可是，我却夜夜一个人荒睡。如何是好呢？寒冬过后，春风春雨悄然入夜，情绪和身体都开始饱满而盛开，真想抱抱谁呢。我真的是发愁，因为，可以拥抱的有情人，基本上是没有。除了梦里和偶像调调情之外，并没有合适的男人可以约会。

周边也有单身的男人。如果喜欢，早就双双对对谈情说爱了，自然不会矜持到今天。如果不爱呢，只是为了春天夜晚的沉醉就投怀送抱？恐怕不到夏天就后悔了，当然是不行的。

其实我和两个单身的女朋友万分苦恼的，还不是身边没有男人追。而是，追我们的男人，多是别人的老公。这是困扰我们很久的另一个命题。

为什么？难道我们脸上都写着悲情女主角的暗

号？我们怎么就成了这些凌空蹈虚的花花男人追逐的兔子？而且，他们追逐起来，完全是理直气壮。他们会说："难道我们结婚了，就没有追逐爱情的权利了？"

于是，我们也曾玩过第三者的游戏。半推半就，或者因为空虚，或者因为爱。但是，无论是你投入也好，不投入也好，到最后，结局似乎都是一样的——落荒而逃。

而且，从别人的婚外情里逃出来之后，都有大难不死、劫后余生的庆幸。我们发誓，这辈子即使从此夜夜荒睡，也一定不再听信花言巧语，做别人婚姻的调味品了。因为，这类游戏其实一点也不好玩。

首先，如果你是一个好女人，你在这个婚外情的游戏里扮演的基本就是一个圣母的角色。从动机来说，你第一不是为名分，因为，他通常会说："我和太太的婚姻已经名存实亡。但是，为了孩子，为了老人，我是不能离婚的。"甚至他会说："多少年之后，等我的儿子长大成人，我一定会告诉他，有个伟大的阿姨当年是如何地顾全大局，成就了他。"这可不是写小说，是真有男子如是说，在他眼里，女人的智商是可以如此羞辱的。

其次，你也不是为了利。你们的纯洁高尚的爱情当然不能被金钱利益玷污了。当然，很可能他经济实力上还不如你。偶然，他送了你一次生日礼物，其实也就是一把鲜花，一小瓶香水什么的，你就紧张，怕有贪财之嫌。他也紧张，怕你的胃口越来越大，说不定什么时候要求他买钻石。哪像做太太的，理直气壮地拿了老公的钱包当自己的钱包，买什么都痛快。

第三，你还要给他完整的自由。他想来就来，想走就走。你要甘心情愿地躲在月亮的后面。万一哪天你们凑巧在公共场所见面了，他如果假装很生疏的样子问你讨要名片，你还不能见外，更不能恼。因为你要给他足够的面子。

而最最不能承受的，是你不能爱他过甚。因为，如果你只是把他当作一个男人，或者一个宠物来爱，他来无影去无踪，你想见的时候不能见，想抱的时候也根本够不着，你都不能恼。但不幸的是，你的心也跟着他的身体走了。

你爱他。当他半夜三更转身离去的时候，你的眼泪哗哗哗地、止也止不住地就淌下来。除了委屈，你还会感受到如鼠般撕咬你的那种羞辱。因为，你怎么可以忍受你爱的人，此时此刻，却在和另一个女人同床共栖，甚至如胶似漆呢?

而圣母的角色通常扮演了没有多久，你就心力憔悴，很多好女人就演变成了万恶的巫婆了。因为，就人性而言，与神性远，与魔性近。

他的离去是早一天晚一天的事情。或者他厌倦了、疲惫了，或者他扛不住了，他要逃。你怎么办？一哭、二闹、三上吊？你不是隔壁家的二愣子他妈，你做不出来。不松手？你知道留是留不住的。那么，就此松手吗？也好。可是，他留下来的巨大的空虚，你又怎么扛得住。

而且，此时此刻，你突然明白了，为什么你是他选中的悲情女一号。就因为，他知道，对他来说，你是一个安全的女人。你知书达理，他胡搅蛮缠之后一走了之，你还会行礼如仪地对他微笑，甚至都不肯说一句不雅的话。

同学少年

张爱玲的最后一本书是《同学少年都不贱》，书名出自杜甫的《秋兴》：同学少年多不贱，五陵裘马自轻肥。我并不是很在意张爱玲的这本书。它不如她以前的书写得行云流水，有暗流涌动的紧张感。但是，她的书名选得有点意思。

而我的情绪与杜甫这句诗合上了拍子，是因为我前几天与大学同宿舍的另外三个女生聚会了。起因是其中一个女生从南方来京城开会，她提议说："毕业N年了，借此机会，我们聚一聚吧。再不见面，就都老了。在老得彼此不忍心相认之前，我们还是见一见为好。"提议得到一致的响应，另一位邻近城市的女生，则兴冲冲专程赶了过来。

已经好多年过去了，我们四个女生在西三环的香格里拉饭店的大堂里互相拥抱的时候，彼此都感觉到了岁月的重量。岁月都已经长到了我们身上。用杜甫的话来说，我们都比过去肥了一点。可惜，肥的不是口袋而是腰身。我们还是布衣草根，并没有五陵裘马。

从下午三点一直聊到深夜，我们还想继续聊。不胜唏嘘的感觉随时随地发生，自始至终贯穿在我们的谈话中。假如把我们班集体比作一棵大树，那我们都是树上的叶子，根茎枝节都伸展到五湖四海了。可是，也有一两片叶子，因为意外提前凋零了。好在，我们都还紧紧地系在大树上。她们三人还都在自己的树枝上结出了人生的果子。清一色，三个女人有三个女儿。只有我，空挂枝头的是我的美好愿望。年年期盼、年年落空的嫁为人妇、为人母的愿望，差不多已经成了我人生的终极理想了。

可是，她们却都似假似真地羡慕我日子过得轻松。至少我的裙腰还比较接近大学时候的尺寸。

她们其中一个已经离婚成了单亲妈妈，五岁的女儿成了她的全部情感寄托。另一个正在挣扎着想离婚，我们还都记得她在大学时那场轰轰烈烈的爱情。可是，临近毕业的时候，她的白马王子另攀高枝，追求一个富商的女儿，一毕业就双双出国留学了。她独居两年后，遇上了一个也是深受感情创伤的男人，惺惺相惜，连接吻都没有，就结婚生娃过日子，到现在觉得实在过不下去了。

还有一个呢，老公是她当年使出浑身的本事追求来的。一个阳光男孩。多少年过去了，还是一个没有长大的阳光男孩。他很少着家，像根交际草，每天在外面与蝴蝶、花朵们暧昧着；也不养家，每月的家用都是她的辛苦钱。她还时刻准备着，为她的阳光男孩买单。比如，他搞大了某某女的肚子，她就扑过去救火。因为，她不想离婚。她苦笑着说，她有一双“儿女”。女儿之外，老公也是她的孩子，她得管他一辈子。

可是，最令人悲伤的，不是她们彼此的婚姻状态，而是她们心态的已然风化。当我说我还在相信并寻找爱情的时候，她们集体静默了一分钟，然后，忍俊不禁地大笑起来。笑过之后，她们用怜悯的目光长久而坚定地看着我，像看一个病入膏肓的人。

当晚回到家，我失眠。我想起有一个著名的女作家在她的回忆录里谈到当年她出国面对外国某大报记者的深度采访。谈到爱情时，她表示还有信心，有期待。这时候，对面的那个大胡子资深记者，用一种怜悯的目光看着她，很久没有说话。她说，当时她一下子像一个泄了气的皮球，无精打采了。直到采访结束，她再没有一句精彩的妙语。她被深深地伤害了。因为，她知道，也许他是对的，而她其实一直是在自欺欺人。

那个晚上，失眠的我在时钟的滴答声里也觉得自己热情的血一点一点苍凉了。那意气风发的同学少年时代，像个电影镜头似的，被人快速推到远景，离我们真的很远了，很远了。

美女下嫁

前几日，在报纸上读到一篇小文，颇有意思。

说是在很多年以前，北大有个校花，芳名叫马珏。父亲是北大中文系主任，她自己是北大社会学系在册学生。她的稀世美貌与才情引起了鲁迅先生的爱怜。他每有新书出版，赠书的名单上总有她的芳名。

据说，在《鲁迅日记》里，美女马珏的芳名出现了五十几处，他们鸿雁传书达几十封之多。但是，美女的周边“粉丝”无数，北大很多学生背地里干脆直呼马教授为“老丈人”。鲁迅只是矜持着，以长辈的身份刻意保持着距离。他的矜持大概因为他是长辈，又因为那时候许广平已经介入他的生活。

不知道为什么，美女最终没有嫁给身边粉丝团里的任何一个青年才俊，而是嫁给了天津的一个海关职员，引发无数失梦人的的惋惜，以及无数失意人的惆怅。当鲁迅又有新书出版，委托友人转交美女，友人说，她已经嫁为人妇了。鲁迅怅然若失，随即认真地说："那就算了，不送了吧。"

遗憾的是，最终，美女并没有享受到人生的大圆满。她在遭遇一次意外半身瘫痪之后，抑郁而终。为此，大学者张中行还有一篇文章专门写她。说她"变化太大，就体貌的处境来说，昔年她在众人之上，现在她在众人之下"。

由此，我想到了历史上曾经红极一时的名妓小凤仙。她和蔡锷将军当年的情感故事是何等的轰轰烈烈。然而，蔡将军病逝之后，小凤仙无人可依，随风飘零，据说后来流落到了天津，下嫁给了昔日的一名马夫。兵荒马乱之时，穷困潦倒、抑郁而亡。

我又想起了去年晚春时节，我去江浙一带云游。无意间走进了一座正在修缮之中的废院旧宅。旁人告诉我说，这原是宋时李清照晚年的蛰居地，也就是她吟咏"寻寻觅觅，冷冷清清，凄凄惨惨戚戚。守着窗儿，独自怎生得黑"的地方吧。她曾经拥有了那个时代几乎不可能拥有的完美爱情。她和夫君赵明诚琴瑟和鸣、红袖添香。可惜，赵明诚半途病去，不能与她白头到老。

晚年，她颠沛流离，下嫁给了一个地方小吏。据说，那个小吏与她成婚，原只是看上了她的囊中宝物。她一怒之下，不惜以身试法，将之告到官府。按照当时的刑律，女告夫，有理没理，她都要坐牢二三年的。她仍是要告。

不过，后来我在杂志上看到过一篇八卦小文，说李清照晚年虽然落魄，朝中却仍有父辈的门生故友可以出力帮忙。意思好像说，其实是李清照在仗势欺人，看得我匪夷所思，直为李清照叫屈、着急、哀叹，真正是为古人担忧。

她是又一个美女下嫁，花自飘零水自流，最终沦落为泥的例子。我不喜欢这样的例子。美女下嫁，还不如不嫁。一把古瓷，一枚好玉，在识货的人手里，是珍宝，爱如眼珠，惜为明月。到了不识货的人手里，就不如一只家常的泡菜坛子，一块可以补漏的砖瓦了。

可是，美女下嫁，恐怕很多时候也是不能不嫁，或者从父母之命，或者信媒妁之言，再不就是时运不济、造物弄人。在大的无常面前苟且偷生，人均如此，美女们也是不例外的。

哭泣的小孩

半夜三更，手机短信提示声响。会是谁呢?

我迟疑地拿过手机查看，是不认识的人在说莫名其妙的话。我想，发错了吧?

第二天，差不多的时间，骚扰短信又来了。这次莫名其妙的话升级了：“嘿嘿，你在明处我在暗处，你害怕了吧？”

天下真有这样无聊的人啊。我哑然失笑。我的朋友经常疑惑地问，怎么稀奇古怪的人和事都让你碰上了呢？还真是如此。为什么会是我呢？我决定还是不理他。

于是，第三天晚上同样的时间，短信又来了。这次他脱了鬼衣说人话了。他说，他是谁谁谁，是从谁谁（我们共同认识的一个朋友）那里要了我的手机号码，经常听那个朋友说起我，所以，很想联络我云云。我恍然。不过，他提到的朋友，却是天下第一正经严谨的女人。她居然也会有这样无厘头的朋友。仔细想想，好像她是提到过这个人，是很偶然提到，并没有多说什么，也不曾有意味深长的暗示给我。

那么，这个男人到底想干什么呢？他把工作单位、博客等个人信息都给了我，大概是希望和我建立友好往来。我也去他的博客游览了一下。

第四天傍晚，他的短信又来了。他说："晚饭做什么吃呢？我来蹭饭吃，一碗面条就可以管我饱。"他的要求不算高。但我拒绝了。他继续耍无赖。说："一看就知道你是社会主义初级阶段的女性，太没有安全感了吧。"

我的好奇心被他的调侃激发起来了。我想，他至少是个聪明人吧。我说："你可以来吃饭。但不是在我家里，附近找一家饭馆吧。"他说他胃不好，爱吃面食。正好附近有一家饺子馆开业很久了，我还没有去过。

确定见面的时间、地点之后，他的短信又附加了一条："现在你会怀着愉快的心情马上梳洗打扮了吧？"真让我又好气又好笑。等我在餐馆靠窗位置坐下的时候，我心里有点疑惑，也有点不安。把手里的报纸差不多翻完的时候，我没有抬头，只是感觉对面的位置上，有一朵乌云飘了过来。

一个瘦高个的四十岁左右的男人坐了下来。他脸色阴郁，却是面带微笑。淡茄色衬衣，有点旧而暗，就像他的心情。他的眼神是游离的、不确定的。他在博客上的照片，干脆就是一个人影，看不出眼神，也看不出表情。我已经从朋友那里对他有了大概的了解了，比如他单身。

我点了一大盘饺子，两个凉菜，一个热炒，他还点了啤酒。饭后，我买单。然后，他说："你不请我上楼吗？"我没有听懂，上楼？

"到你家看看啊。"他说。

"有什么好看的呢？哪天先让我看看你的家再说吧。"其实我已经打定主意，他不会有机会成为我的座上客了。

但他依然没有要走的意思，我就陪他到社区公园里转了转。告别时，我礼貌地说了一句："到家了来个短信。"

半小时后，他的短信来了。没有常规的谢谢款待之类的客气话，却莫名其妙地说了一句："我到家了，我先去洗洗，你等着。"一刻钟后，他的短信又到了："我已经洗完了，现在赤身裸体躺在床上。"

呵呵，他想干吗？

我没有来得及生气，先就笑开了。第二天，正好我和他都认识的那个朋友打来电话，我就忍不住把事情原原本本都告诉了她。她在电话里惊诧得不行了，说：“他是我的老乡，我都认识他十多年了，虽然没有紧密交往，也算知根知底。他与我们交往的时候，并没有如此这般地不正常啊。甚至可以说他是很沉默的一个人，酒桌上很少说话的。”

是吗？那么，如此说来，他也是看人下菜碟？

后来他又来过短信，经常半夜时没头没脑地发一句：“在干吗呢？”或者在MSN上碰到了，发个笑脸过来，也没有下文。如此面目模糊、含义不明的人我还是第一次遇上。过了一个月的样子，初秋了，在一个双休日的下午，他的短信又来了，说是要回请我吃饭。我想了想，同意了。初秋的下午，人总是忧郁的。有人说说话也是好的。

这次换了一家餐馆，吃面条。他怕冷似的，比周边人多穿了一件外套。他耸着肩，还是觉得冷。我问他为什么，他沉默了一会儿说，他刚刚写了一篇怀念他母亲的文章。母亲在他十八岁考上大学那年，就生病去世了。然后，父亲续妻。继母出走，父亲又续了一个妻。

他说：“命运对我为什么如此不公？”

我没有话说，只有满含同情地看着他。因为，有前面的交往，我已经不能肯定他言语与表情的真假。我想应该是真实的，再怪异的人，也不至于拿自己的母亲开玩笑。

我曾经看过一本心理学方面的书，说是童年受过伤害的人，内心都有一个哭泣的小孩。好在他那时候已经十八岁了。但是，他内心那个一直在哭泣、在愤怒、在乞求的小男孩，好像一直没有到达十八岁成人的境界。他不愿意长大，因为他不愿意，或者说他也没有心理力量对自己、对别人负责。

转过一个话题之后，他言语又恢复了轻佻的常态。他说："我有过很多女人，但我几乎没有正儿八经谈过恋爱。"

那么，他的女人是从哪里来的？一夜情吗？

他笑得很诡异地说："我们总是几个哥们儿一起去一个地方。他们的老婆来电话，总是我接。只要说是和我在一起，他们的老婆就都不再疑心了。"他说："那些看起来还不错的婚姻其实都只是表相。"他又说："只有我这个男人告诉你人生的真相，别人都是在骗你的。"

我看着他，还是没有话说。

这个世界上有两种人：一种是克己谨慎、如履薄冰的人，一种是愤世嫉俗、玩世不恭的人。我和他正好是两种人。可是，目送他回去的路上，我分明看到，有一个哭泣的小孩远远地跟在他的后面。

中等智力的男人

女人经常会说：“你看我这么笨，智商差不多是零分，长得又不好看，肯定是嫁不出去了，怎么办呢？”如果你顺水推舟说：“是啊，你以后怎么办呢？”那她一定会气得满面通红，站起身来整整衣裙，扬长而去。从此，她甚至不再把你当朋友了。因为，你已经伤害她了。

通常一个女人在谦虚地说自己笨，说自己丑的时候，她其实是在暗示你立即夸奖她，表扬她。她的自谦只是给你递了一把梯子，其目的很明确，就是让你顺梯爬。即使不把她夸得国色天香，也要夸她花容月貌。最起码，你也要夸她气质好、有个性。

而男人呢，从来不在别人面前讨论相貌的问题。即使他临出门前，左顾右盼，足足照了半小时的镜子。如果他貌比潘安，他内心的沾沾自喜也轻易不会流露给你看。即使你当面恭维他，说他气宇轩昂，做京城的形象大使也绰绰有余，他也会不动声色，不置可否地一笑，表明他的底蕴已经足以让他忽略外表。

所以，我通常比较放心，不需要随时随地地准备夸奖男人和安慰男人，不会遭遇类似面对一个虚荣心极强又很不自信的女人才有的尴尬。但是，有一天，有一个男人却对我说，其实他也就是中等智商，他是因为勤奋，因为努力，才有今天的成就的。

他与我面对面说这句话时，我没有马上反应过来，他马上面有不悦之色。如此这般，不是一次两次，也不是一人两人。我就开始仔细推敲这个细节。当一个男人在你面前说他只是中等智商的时候，他其实是想暗示你什么呢?

我想不明白。但是，当又有一个男人在我面前如此这般时，我小心翼翼地说，哪里呢，你是难得的天才，可惜你生性散淡又生不逢时，也没有遇上能提携你的伯乐，以至于现在还屈居人下等等。果然，他的眼神明亮如星辰，额头都显示出自信的光辉来了，瞬间换了一个人似的，让我吃惊。

可是，我也经常遇到喝了半斤老酒就满嘴跑火车，谁都不在他眼里的男人。他说自己是天才，绝世的天才，如果李白再世，也只配给他拎包。或者说，李嘉诚算什么呢，不就是做塑料花摆地摊的出身，如果不是做了某某阔老的上门女婿，现在还说不定怎样呢，等等，不以为然的口气，比他嘴里的酒味更加臭，简直要熏倒人。

面对如此自命不凡的男人，你应该如何应对呢？沉默？转身走人？呵呵一笑？或者干脆劝酒，让他喝高喝倒，彻底进入云里雾里的虚拟世界，独自臭美吧。

以我个人的口味，我比较喜欢那些自谓只有中等智力，要靠自己辛苦劳动、脚踏实地才能获得一点果实的男人。不管他们如此表白的时候，心里真正的想法是什么，但至少他们很明白要想成就自己，刻苦是必要的，勤勉是必须的。

而其实，正如一个真正的美丽的女子，她是不晓得自己有多美的。美而不自知有多美，正如玫瑰、牡丹，才是动人心魄的美。所以，一个有大智慧的男人，他也一定行为上是谦谦君子，态度上是大智若愚的。所谓玉树临风是也。

很凑巧，我身边的几对小夫妻，他们和和美美、有滋有味的小家生活令我羡慕不已。仔细推敲起来，她们的老公也都是属于智力中等、事业一般的男人。所谓居家男人，通俗地叫，是顾家男人。现在时髦的称谓是经济适用性男人。

他们不自以为是天才，所以，不好高骛远。

他们也不自以为聪明，所以，也不投机取巧。

他们胸怀也宽广，未必就装不下全世界与全人类，可是，在他们最贴心的地方，他们小心翼翼呵护着的是他们的妻子和孩子。

因为，他们知道，家是最温暖的地方，他们的妻子和孩子是最爱他，也是最需要他爱的人。他是孩子与女人的顶梁柱，是他们心理上最可以依靠的男人。

这样的居家男人，也许衣着并不是很光鲜，却很体面整洁。眼神并不凝重，却也时时闪耀着日常生活所必需的智慧与隐忍。

也许，他们娶了一个过于聪明的老婆，经常要被老婆骂，说他好笨、好傻。可是，即使老婆出门溜达了一大圈，还是要千里万里地赶回家来。看到灯光下的他，头发因为操劳而斑白，肩背因为压力而微驼，心里有点酸，可是，所谓相濡以沫的家居感觉里，有着最为甘甜的爱与忠诚，是我们日常餐桌上流淌着的奶和蜜。

梅开二度

女友阿滟最近很困惑，也很烦恼。所以，她专程赶了二十多里路来与我诉说心事。她说，她和老公之间出了点问题。其实也就是一些鸡毛蒜皮的小事情，以前也都吵过，吵吵就好了。可是，如今她的老公一次比一次嚣张，竟然说："你吵什么吵？我要和你离婚了，我想玩几年就玩几年，玩累了，还可以找个黄毛丫头结婚生娃，你呢，恐怕就得一个人终老此生了。我是可怜你，才一次次地忍让你，你还不识相一点？"

话说得如此恶毒，完全是街头泼皮无赖的口气。阿滟都快气疯了。

我也奇怪，他凭什么如此嚣张呢？

阿滟说，是因为他的一个哥们儿三年前离婚，三年内艳遇无数，再不必藏着掖着，青天白日地每过一段时间就换一个女朋友。女朋友还一个比一个嫩，整个一老牛吃嫩草。最后，把一个还在读书的黄毛丫头的肚子搞大了，他想抱娃，就结婚了。把他的一帮哥们儿看得眼睛都直了。他们回到家里来，看着自己黄脸婆的媳妇，就觉得自己亏得慌。

怎么会这样呢？阿滟说：“我不明白的是，夫妻多年，我服侍他辛辛苦苦，怎么就在他眼里毫无情感价值可言？好像一块用旧了的抹布。再则，一个离过婚的男人，怎么就如此受小女生的欢迎，为什么？”

我也不知道为什么。但是，我认识的一个小女生，就嫁了一个离过婚的男人。她还觉得自己嫁得很如意。因为，与其嫁个什么都没有的同龄的青豆子小男生，从租房子开始打拼，不如嫁个有房、有车、有实力的男人，从此过上富足的好日子。她没有结过婚，年纪又比他小很多，在家里永远占着一点心理优势，不是很好吗？

真是蟹有蟹路，虾有虾道，大家都往好日子去奔了。只是总有人在如此的变局中成为可怜的受害者，比如阿滟。不过，还好。阿滟的老公闹了一阵之后，最终没有和她离婚。不是她的老公多情厚道，而是老公算计来算计去，觉得离不起这个婚。总共只有一套房子，存折上也就几个小钱，离婚了他等于净身出户了。恐怕也没有哪个黄毛丫头敢奋不顾身和他好。他想想，也就算了。

前天，也是单身的另一个女朋友阿美约我喝茶。她郑重其事地告诫我说，现在的婚姻市场很乱，你千万要小心。我笑。她说的婚姻市场这个词汇，让我听了起初觉得新鲜，想想又觉得心寒，想到最后是胆战心惊。

阿美说，有两种男人我们千万不能碰。一种是别有用心的有妇之夫，他会告诉你，她的老婆出国了或者分居了，离婚是早晚的事情。其实都是幌子，让你觉得有希望，可是，戏演到最后，他会说，因为孩子啊，因为老人啊，等等，离不了婚。如果你已经陷进去了，你就自个儿绝望，找棵树挖个洞哭去吧。

还有一种男人，就是刚刚离了婚的，他们好比是从深山里出来的恶虎或者是刚刚出狱的囚犯，他们疯狂的欲望横扫一切他们能够得手的女人，可是，他们没有心思和你谈情说爱，更没有可能谈婚论嫁。在他们二度梅花开放之前，他们是要折腾个够的。他们某种意义上说是暴民之一种。他们不动刀不动枪，可是杀伤力破坏力却是巨大的，因为他们要靠疯狂来弥补前面婚姻带给他们的束缚。或者伤害，甚至牺牲。他们都想得到超额的补偿。

“夸张了吧。”我有点轻描淡写地说，“都是现代人，能恶到哪里去呢。”阿美见我不信，就有点痛心疾首，只好现身说法：“比如，我昨天打扮得山清水秀地去见一个在网络上认识的男士。我们约了地方喝茶。谈了半小时，我去了一次洗手间，出来时，只见对面虚座无人了。我问服务生，服务生说她也不知道，那位先生匆匆忙忙开了车就走了，也没有结账。我们看你的包包和披肩还在，就没有拦他。我马上打他的手机，想问问他是不是出了什么了不得的急事。居然不在服务区。再打，就是关机了。

“你说我是不是受到了冷暴力？瞬间，我气血涌上了头。过了好久也没有心平气和想明白，就虚心求教一位男性朋友，也不怕没有面子，如实告诉了他全部细节。他想都没有想，就说：‘那还有什么费解的。他就是想找一个女人玩一玩，看你一本正经的良家妇女的样子，他觉得没戏，就干脆走人了。他没有顺手牵羊搞走你的钱财，还算是有教养的暴民呢。看来他重色不重财啊。’

“有意思的是，过了几天，我上网，又碰到了那位‘暴民’。他居然已经不记得我了，又自我介绍是某某公司的老板，离异、有房、有车，孩子归女方，等等。我惊悸之下，怕自己记忆有误，就虚语周旋一番请他发来照片和手机号。他一一照办。

“果然还是他。我倒抽了一口凉气，抽了一支烟，极力让自己冷静下来。我最后采取的态度是，自动隐身消失，并且把他设为不受欢迎的人。这种‘暴民’，我惹不起，还躲不起吗？”

智力过剩的人

和愚人在一起，你会时不时地生气。但是，如果你和一个过于聪明的人在一起，会是什么感觉呢？我的感受是愉悦，快乐，然后是不安，甚至是恐惧。一个智力过剩的人，总是有办法逗你开心得前仰后合，不过他也同样有能力让你哭笑不得，甚至要死不能，要活也难。因为，他的智力远比你的高。你顶多知道三步棋，他却有可能全盘在胸，了然于心。

在《三国志》里，周瑜和诸葛亮的关系大概就是如此的吧。最有知己感的就是他们彼此。当两军联盟，他俩谈笑风生讨论如何攻破曹操的水军，各自摊开写在手掌心的计谋，两个“火”字同时显现的时候，心智可以说是畅快之极。那是两个智力相当的人，在某个巅峰上的快感的共振。他们畅快的笑声，可以使鬼神哭泣。但是，周瑜笑了一半就不笑了，他害怕了。他预感到诸葛亮比他高出一截。而且，事实证明，诸葛亮比他高出还不止一截。因为，他不仅能算计人事，还能与天地密谋，呼风又唤雨。

有人说，诸葛亮半人、半仙、半妖，这样的人才上下五千年的中华文明才出现了一个。所以，现实生活里，我们遭遇的机会不多。但是，我们却经常不得不体会到类似周瑜的痛苦。因为，周边总有人比我们聪明，至少是在某方面比我们聪明。

比如，我的女友姗姗就曾经很恼火地告诉我一件事。她有个闺蜜叫阿芳，两个人是十多年的朋友，几乎无话不谈。半年前，阿芳推荐她到某个外资大财团的一个机构应聘文化总监的高级职位。阿芳叮嘱她，说自己和那个老总很熟，他的财团很有钱的，她一定要如此这般，尤其是薪水待遇上要咬定青山不放松。姗姗很听话地就去了。双方见面之后，彼此都很满意，就是在薪资的意向上有距离。那个老总谨慎地问，是否可以考虑略有下降？姗姗牢记阿芳的叮咛，没有答应。其实，她很喜欢那个工作，也很欣赏那个老总的风度。如此一来二去，就没有下文了。

那也没有什么。姗姗只是有点惋惜。可是，一个偶然的机会，她知道原来阿芳也在争取那个职位。而且，现在她已经走马上任了。姗姗脑子木了好几天，又经别人提示才明白过来，在这件事情上，原来她不过是阿芳的一颗棋子。阿芳与那个老总也是在薪资的问题上谈不拢。于是，她让姗姗去应聘，要价更高。等于是提醒那个老总，内地的行情就是如此。于是呢，那个老总就最后选择了要价不是最高的阿芳。

姗姗叙述这个故事的时候，笑得很不开心。她说："其实以我们多年的朋友交情，她直接说派我出马帮她谈价就行了。可怜我为了应聘这份工作花了那么多的案头准备功夫，却原来只是为她做嫁衣啊。"智商被羞辱的感觉，很不爽的。不过，她和阿芳还是好朋友。因为，阿芳每次见到她的时候，都是一副很无辜的样子，嘻嘻哈哈，吃吃喝喝，一切照旧，好像什么事也不曾发生。这让姗姗心里嘀咕，是不是自己想多了，阿芳原本确实是好意呢?

另一则故事也很有趣。其实只是我收到的一则短信。说是一妇人正在和她的情人幽会。电话来了，她的老公向她请假，说是今晚要晚点回家，因为他和他的朋友要打麻将，说不定又会是一个通宵。她放下电话笑得前仰后合的，情人问她笑什么笑得如此癫狂。妇人说："我老公请假说在和你一起打麻将，要打通宵呢。"

呵呵，确实好笑。我读完短信也笑了好久。不知道这位妇人和她的老公谁比谁聪明呢？等于是两个高手对弈，一步是一步。她的老公不知道，他根本就不是他老婆的对手。幸亏他不知道，要不这个游戏就不好玩了。可是，万一有一天他知道了呢？他会像周瑜那样被气得吐血，甚至气绝身亡吗？

风化，或者为老不尊

人人都怕老。有人怕老了孤独，也有人怕老了吃不动美味。因为，通常是牙口好的时候没有花生米吃，等到有花生米的时候又咬不动了。可是，我有一个朋友的怕，比较特别。他对我说，他特别怕自己将来有一天老了，为老不尊，老得很不体面，老得很没有尊严。

我说你怎么了，怎么会有如此奇怪的想法。他说，他所处的也算是社会中上阶层，个个有身份有名号的。可是，最近他有几个大朋友很不像话了，不择手段捞钱，气急败坏捞名。这也就罢了，他最看不起的是，他们有家有妻、有儿有女的，还在外面搞女人，而且已经完全不加掩饰、不顾体面。甚至私底下还显摆谁的女人多，谁的女人漂亮。

有时候，或者窗户没有关严，或者办公室的门漏缝，他时不时被动地听到他们明目张胆地在电话里淫话连篇。他说，他真为这几个前辈难过，也为电话那头的女人难过。而且，他们每到外地出差，招妓几乎已经不算什么了。遇上可口的，他们还互相推荐。他们说，只要出钱就行。

是不是真如科学家所说，人在出生与衰老两极的时候特别动物性。所以，他真的很担心，如果有一天自己也会和他们一样，那是可怕的、没落的、羞耻的。

他的话存在我的记忆里，留给我一个巨大的疑问。因为，我记得活到八十多岁的林语堂老先生就说过，在安然轻松地进入老年之时，也有一种美，表示老年的成熟与蔼然可亲的智慧。因为明白了生命的极限，反而更加从容自足。因为曾经努力奋斗过，于今更能享受安逸的心境。

可是，人与人还是很不一样的。对很多人来说，最大的敌人是岁月。被风化的不仅是他的容颜、体格，同时被风化了的还有他的意志与灵性。在他的生理患上老年痴呆症之前，他的心灵早了几年就已经痴呆了。否则很不好解释为什么他们如此为老不尊，如此没有羞耻之心。

前几天，我的一个女朋友参加一个旅行团去了吴哥窟，回来讲了很多有趣好玩的见闻给我听。其一就是讲他们团里一位六十多岁的老头的奇闻逸事。这个老头离休前是一所大医院的牙科医生。他在旅行中自曝养生之道。从我女友的转述中，我仍然能感觉得到，他简直是得意洋洋地当作经验之谈，来广为传播的心态。

他说，每周三，他都有一个特别的约会，是和一个不到十八岁的黄毛丫头的床上体操，每次三百元，已经坚持了好几年。所以，他牙口紧密、四肢有力。那个黄毛丫头原来只是他们医院的一个看护，从边远的乡村走出来，家里还要靠她的钱来维持生计。他说，他对丫头很好，最近还给她介绍了一个可靠的男人结婚了。那么，婚后他和她的每周约会还坚持吗？有人问。老头毫无羞耻地说："那当然啊。我每周有固定支出，她每月有固定收入，何乐不为？"言语里很有点把自己作为她的恩客的意思。

不知道当时在场的听众中间有没有谁反胃呕吐的。我直接反应是愤怒，然后是难过。那个老头还是一个有良好教育背景的人，可怕的是他把自己的专业知识用在了这个地方。那个每周为了三百元和一个并不爱她，只是把她当作补药来吃的老头上床的年轻女孩，她也许还没有来得及体验到人间爱情，就为了生计和一个足可以做她的爷爷的男人行男女之事，她会因此而快乐吗？这段经历对她的整个人生、命运以及个性的成长是好的经验，还是一个错误的成长经验?

我不得而知。令我更加惊诧的是，老头居然全无愧疚，反而非常为自己骄傲。就像我认识的一个非常著名的话剧老演员。有一天请他吃饭，问他太太怎么没有一起来。他离婚三次，现任太太的年龄只有他的三分之一。他平时总喜欢带着她，颇有炫耀之嫌。当时他也是面露得意之色，说他太太小产了。在座的其他人马上恭维他厉害，老当益壮，言下之意是快奔七十岁的他，居然还有本事让他的太太受孕。完全无视因为小产而卧病的那个年轻太太的心情。但那是人家两口子的事，旁人不好妄语。可是，这个牙医呢，他的太太怎么看待他的每周三的健身操呢?

老头不以为然地说："她有什么办法，睁一只眼闭一只眼。她要与我离婚，我还求之不得呢。我干脆把那个黄毛丫头娶回家里来好了，省下我每周的三百元。"简直是无耻之极。

我又想起另一个女友阿美的眼泪。她有一天深夜回家，敲门，门不开。再敲，她们家的小保姆出来说话了："你以后不要来了，老头把房产都留给我了。"阿美说："我真是羞愧，怎么有这样的老父。我的母亲就是因为不愿意看见八十岁的老伴与小保姆乱搞，就跑到南方儿子家去住了。没过多久就气病身亡了。"那天，被拒之家门之外的阿美，坐在楼门口的台阶上嚎啕大哭。

对衰老与死亡的恐惧使得很多人行为怪诞，穷凶极恶。如果人老了，都像金庸笔下的老顽童周伯通，那多好啊。老了老了，更加可爱了。只要有他出现，那里立即就有了欢声笑语。可惜，现实生活里，真正活明白，有如此资质的人不多。

每天我都要到楼下的社区公园里散步。公园里多的是携了小小孩的老奶奶、老爷爷们。我有意无意地注意经过的每一个人，神清气爽、恬淡从容、面呈微笑的有，但并不是很多。或者因为病痛，或者因为有形无形的压力，很多老人的脸已经错位、无奈、焦灼、寂寞，似乎还有抑郁以及戒备。

偶尔，有来自长者的，知性的、宽和的、睿智的眼神会给我几许暖意和安慰。如果有一天老了，我愿意像他们一样。我心目中的偶像男人有几个，其中的一个老老头，他叫庄子。老伴死了，留下他一个人了，他却很开心地坐在地上击缶唱歌。那是何等的从容，何等的气度。我相信，他绝对不是因为老伴死了，他终于可以另纳小妾而欢快地歌唱。因为没有必要。我想，那时候应该还没有实行一夫一妻制吧。

重婚者

重婚，这个词本身对我就是一个惊悚。因为，我惧怕婚姻，以至于到现在还没有敢纵身一跃，舍身一试。可是，就是有人一婚再婚，乃至于像穿一件棉袄又穿一件棉袄那样，重叠在身上，那是何等的勇气。

有一天，有老同学告诉我，说某某某，我们研究生时的同学，那个帅气的大个儿，他到了另一个城市生活，在那里又娶了一个老婆。新娘也是我们的同学，她以为他已经离婚，而其实，他那边的老婆是离不了的，他又不肯放弃我们那个如花似玉的同学，索性他就再结了一次婚。

世界上还真有这样的事情。如果不是发生在与我们朝夕相处了三年的同学身上，我们还以为是小道八卦呢。我马上就很紧张地说："那不是要坐牢的吗？他明摆着是在破坏婚姻法。谁允许他一夫二妻了？"

那个老同学就笑，他说：“如果不是你多事去告密，谁还管那么多呢。不过，你为什么要去告密呢，他又不是你老公，除非你暗恋他。”

我当然没有暗恋他，自然也不会去告发他。我甚至反过来很佩服他。如果抛弃了道德层面的所谓道义，我就像佩服一个走钢丝的杂技艺人那样地对他肃然起敬。小时候，经常看以大篷车行走江湖的马戏团杂耍。最让我惊心动魄的莫过于在一条钢丝绳上，一个男人或者一个女人，走过来再走过去，还要不时地晃晃悠悠地表演出种种高难度的动作。

有一次和一组人出门旅行，在一个类似大峡谷的地方，我看到在两座山峰之间架有一条细细的、肉眼几乎看不见的钢索。旁边有高音喇叭在喊话，忽悠大家去买票，说是有人要做高空走钢丝的特技表演。我记得票价并不算高，大概每人五十元左右。我的头仰在那里，看着那根若隐若现的钢丝绳，都看傻了。但是，我没有买票。因为我觉得那太不人道，万一掉下来是会出人命的。等了半天，大概是票没有卖到一定的数量，表演迟迟没有开始，我所在的位置也看不清楚，就走开了。

后来回程的路上，那些坚持等待，终于有幸看到高空走钢丝表演的人们在啧啧称奇，都说那个人是不要命了，虽说也是有保险措施的，可是，毕竟是那么凶险，真是要钱不要命啊！

那么，我那个帅气的同学，一个重婚者，他是为了什么呢？大概不会是为了钱吧。我们那个女同学也是草根出身，家里并没有金谷仓。但是，人很漂亮，又比他小很多。那么，就是为了情色了。

那个女生在学校的时候，就已经和他同居。通常这样的关系，一毕业大家也就劳燕分飞了，他根本没有必要为了良心不安而犯下重婚大罪。那么，就是为了爱情了。

说到爱情，似乎我们就应该三缄其口了。因为，爱情是神圣的，爱情又是罪恶的。生命诚可贵，爱情价更高。如果为了爱情，他宁愿放弃生命和自由，那么，我们除了祝福他之外，又能说什么呢？

不过，引我写出这段文字的，是因为前几天那个重婚者突然打过来一个电话。很奇怪的，毕业十年，我们没有过任何联系。我是基本上不参加同学会的人，小范围的，在学校时走得比较近的三五好同学之间，偶有小聚而已。所以，他的电话让我很是诧异。我的第一反应是："你到北京来了？出差吗？她呢，你的太太，她好吗？"

他在电话里也愣了一下下。然后，他说："我们已经分开了。我现在已经调到京城工作了。以后有机会多聚聚吧，老同学了，说不定有什么事情可以联手做做的。”

他的口气很平和。我竟然有点不甘心。我小心翼翼地说：“我说的是她，某某。她好吗？”他说：“是啊，我说的也是她，我们已经分开有三年了吧。她已经去澳洲了。”

我突然觉得索然，随便应答了几句，就把电话挂了。又一起爱情死亡、破产的例证。我的心里发寒。

打开今天的报纸，居然也是一桩重婚罪的报道。说是有一个漂亮男人，已经犯了多起重婚罪。他通过网络、婚介等，认识了很多单身的富婆。他以色、以情诱之，然后假意和她结婚。骗取相当的钱财之后，他就人间蒸发了。

不过，这次他动了真情，想和那个富婆白头到老。可是，他远在边疆的糟糠之妻不答应了，一纸诉状让他锒铛入狱。那个被骗的富婆恍然大悟，出了一身冷汗。她会等他吗？还是会远走高飞，逃得远远的，逃到那个男人再也找不到她的地方？就像我那个一不小心嫁给了一个重婚者的女同学那样。她会吗？

情人的眼神

看过一部老电影，说的是有一位非常有钱，又非常孤独的男人，很偶然的一天，他看见一对情侣在跳舞。那位美貌女孩的眼神，如此专注而热烈地对牢她的情人，仿佛这个世界上除了她的情人再无其他。

瞬间，他被她的眼神击中而心乱神迷。于是，他想猎获那个女孩，期待有一天，她也会以这份滚烫的眼神来专注他和他们的爱情。

还好，比起她的情人来说，他比较有钱，不是一般的有钱。他有私人飞机和游艇。于是，设局追求了几个回合之后，那个女孩离开了她的旧情人与他在一起。

但是，他给了她所有她想要的东西，她却仍然是不开心的。尤其是，她从来没有以那种眼神眷顾过他。相反，当她不得不看着他的时候，她的眼神是游离的、涣散的、生疏的，甚至有时候是戒备的。她不爱他。

电影的最后，他还那个女孩以自由。而那个一度被她放弃的她的前情人，始终不甘心，想方设法重新夺回他的爱情和女人。他最后赢了。

这么一个好莱坞式的爱情电影，让我记住了的就是那个有钱男人的一点小小的私心。他迂回曲折，一掷千金，想要赢得的只是一个眼神。最后却还是得不到。他让我深刻地同情，因为，他的痛，是我们很多人不得不承受的心里的痛。

可是，最近我却有点迷惑。关于眼神的种种。

现代人的眼神已经不那么纯粹了。比如，大帅哥梁朝伟的电眼，发电、发光，扫向谁，谁就会被触电一般受到刺激而心跳不已。作为职业演员的他，早在十几岁的时候，就接受了关于眼神的专业训练。至于身边的很多男人，很多女人，也早已经明白了要在每天早晚照镜子的时候，抓紧时间练眼神。呵呵。练就一双火眼金睛，是为了要勘探出人心的深浅，更是练到眼神里伸出钩子来，然后到外面钓女人，钓男人。

而其实最有杀伤力的眼神，是那种完全无辜的、清白的眼神。经常有女人在经历了所有的感情磨难之后，还是不甘心地说："他怎么会骗我呢，你看他的眼神是多么单纯无助啊，像孩子一样。一定有别的原因，否则他不会对不起我的。”也经常有男人坐在那里大惑不解地说：“不会吧，她的眼神多么清澈透明啊，她这是怎么了？”

我记得看到过一则关于一个巨贪女人的报道。被她骗得倾家荡产、穷途末路的男人，在反思自己的迷失过程的时候说，这个女人的眼神，只要她对牢了你，你就逃不掉了。那是深潭，表面上是一汪无波的清水，可是，一脚跨进去，少有生还者。

而我这么多年来，在寻找一双温暖的眼神。这种眼神，理性而不冷漠，感性却不放肆，年轻但不浅薄，睿智却不世故，友善却不轻佻，悲悯而不绝望，内敛而不自闭，稳定而不失灵动。让你觉得亲近，却也知道不可以完全靠近，更不可以亵玩。哪里去找呢，这是类似神的眼神。

有两种眼神我是害怕的。一种是过于原始的，或呆滞，或疯狂，或凶恶，或莽荒，或者混沌，那是破坏力很强的人发出的信号。还有一种眼神则正相反，过于装饰，那是训练有素的眼神。不同的氛围里随时随地应变出不同的色调，而他自己已经深深隐藏起来，或者已经淹没在自己的层层装饰的背后，已经分不清底色了。

近日冬寒，我猫在沙发上看以前粗粗略过，并没有很在意的片子。经典系列短片《十戒》，让我不得不自省以往的浮躁，如此深刻又好看的电影，我居然错过了。那个每集都不期而然出场的，瘦小苍白，甚至看起来有点羸弱的年轻人，他的眼神直逼过来，令你悚然心惊，那大概就是命运之眼了。你逃不过去的命运，在紧要关头，在危机时刻，或许你已经看到、感到、遇到，甚至触摸到了，可是，你无能为力，眼睁睁地看着命运的水、命运的风、命运的鸟，流过来、飘过去、飞过去了。可是，你堵不了、挡不住也抓不住。

等到你恍惚以为捕捉到命运的冰凉的眼神的时候，电影放完了。你的好日子，激情而光芒四射的日子也已经所剩无多了。就像你曾经拥有过的专注而滚烫的眼神，等到你明白的时候，她已经转了一个弯，不知所踪了。偶尔，你出门去买油盐酱醋茶，路过一个拐角处，看见那个英俊的邻家男孩，正在以他滚烫而专注的眼神，紧紧拥抱着他的美丽女孩。你微微一笑，然后，是深深的叹息。

“圣女取精”

有一天，做网站主持人的女友阿妖，急惶惶地给我电话，请我过去做一期情感节目的嘉宾。主题是“圣女取精”。意思是有一个女孩偷了一个她喜欢的男子的精子，悄悄生下了一个孩子。女孩是单身。那个被偷男子的身份不明，不知道是否单身。阿妖问我：“同为单身女子的你，会不会做类似的事情？”

我想都没有想，说：“那不是自杀行为嘛。怎么可以？”阿妖大喜，说：“那就好。我们就需要反方。你来帮个忙吧。我请你吃饭，行不？还有一个嘉宾是台湾来的心理医师，是个帅哥，一表人才。我不诓你的，你来了就知道了。”

我只好答应了。有美味、有帅哥，又是助人为乐，再说拒绝的话，我就不近人情了。那天，节目录完了以后，我们一群人去吃饭。因为夜深了，附近只有一家二十四小时的粥店还亮着灯。大家的心情还都在工作的兴奋状态，喝粥的感觉也挺好。不过，帅哥做完节目就匆匆走人了，他的女朋友一直在演播室外面等着他。

阿妖说："想不到身为女性的你会持反对态度，反而是他，那个台湾的心理医师表示理解和同情。"他的意思是，那个女孩已经是成人，她完全有权利有理性安排自己的人生。只是要在取精生娃之前想清楚了，因为，已经没有回头路。

我笑笑说："立场不同，观点与方法也就很不同。他身为男子，不会设身处地从女性的角度去想问题，生孩子养孩子都是女人在忙，夜不成寐地操劳。孩子成长过程中，作为单亲妈妈每时每刻的焦虑，男人可是不在场的。"

很多男子是有野心的，都在潜意识里渴望他的种子遍天下。我就亲耳听一个男子说他的人生最高理想。他说他很希望在世界各地每一座城市里都有一个女人为他生几个孩子，那是何等风光啊。

前不久，我在饭桌上也听来一个类似的故事。说有一个男人三年前和一个女人有过一夜情，然后，那个女人消失不见了，他也没有太在意，因为只是一夜情而已。不料，有一天，他接到一个电话，是她打来的，请他去某某饭馆吃饭。他很高兴地去了，却见在座的还有一个非常漂亮的三岁小女孩。女人说："这是我的孩子。"他没有怎么在意。

那个女人又说："她也是你的孩子。"他大跌眼镜，以为是玩笑。女人说，她后来去了美国，去之前她已经知道自己怀孕了。但是，她没敢告诉他。他仔细观瞧，那个女孩的眉眼神态，还真的处处是他的痕迹。他现在春风得意，逢人便喜讯一样通告。

我也笑。我说："还好，那个女人是从美国回来的。否则，他一定以为那个女人是来要挟他的。不是要钱，就是要婚姻。他还不赶紧落荒而逃了。"故事的结局如何呢，没有来得及问。

但是，我知道另一个故事的结局。说的是南方一座城市里，有一个官员。他因为买房、炒房认识了一个售楼小姐。一来二去，两个人就好上了，好了有一年多，那个女孩怀孕了。官员哄她去人流，女孩说："孩子是爱情的结晶。我不求婚姻，只求你容我生下这个孩子，我独自抚养，让他成为我们爱情的见证。"这个男人贪心，想想也挺好，就答应了。

不料，五个月后，女孩有一天挺着大肚子找到了他的家，可以想象，对那个家庭的女人和孩子来说是晴天霹雳。最后，他太太为了顾全他的前程，答应了离婚。他娶了那个女孩，连同她肚子里的孩子。从此，过上了另一份日子，一份非他所愿，却不得不如此的生活。他是幸，还是不幸，只有他自己知道。

最有意思的，可能还不是“圣女取精”，而是“圣男送精”。说是在美国某个城市里，有一个专门给女人人工授精的医生。他前后十几年，给无数个女人实施了手术，成功率极高。后来，不知道是哪个环节出了差错，那些女人知道了真相，愤怒了，联名告他。

因为，这个职业医生非常敬业，不是一般的敬业。每次，他都是把自己的精子授给了她们，也就是说，在那个城市里，每年都有无数个承他血统的孩子被生下来，然后，活蹦乱跳地长大。再然后，一代又一代，前赴后继，源远流长。

不过，在女人取精和男人送精的问题上，男人与男人的想法也是不同的。一次与几个搞摄影的朋友去大坝看风景。晚上聚在一起涮火锅。吃到兴奋处，席中有一个男子掏出一张小照片给我们看，说这是他的私生女，比他后来婚生的女儿都要大两岁。我们都笑，笑他酒喝高了，尽想好事。旁边与他交往比较长的人，都作证说，是真的，他不是在编故事。而是若干年以前，他一不小心被一个女人编进了她的故事里。而且，这个故事还在继续。

原来，很多年以前，他还是单身。同一单位的同事里，一个比他长几岁的女人，有一天开始向他眉目传情。他那时刚刚分到单位不久，人生地疏，又没有女朋友，苦闷的心情可想而知。那个女子也有三分姿色，又是她找的他。一来二去，他们就什么都尝试了。对他来说，她是不可缺少的心灵与身体的慰藉。那么，对那个女人意味着什么呢？她是有丈夫的，对她来说这段感情只是一段婚外情吗？他并不是很明白。因为，几个月后，那个女人对他突然疏远，然后，不声不响地调走了，没有人知道她的去向。这件事情对他打击很大。过了半年，他也就淡忘了。因为，他经人介绍认识了现在的妻子。

几十年过去了。偶尔地，他在月明星稀的深夜还会突然想起这个女人，想到她的不辞而别。但是，他绝对不会想到，这个女人怀上并生下了他的女儿，就在与他同一个城市里，甚至都在京城同一个区里，同呼吸在一片蓝天下。那天，他接到了她的电话。就像言情电视连续剧里的情节，那个女人躺在医院里奄奄一息。她说，要在生命的最后向他道歉，并交代一件事情。当年她接近他，就是为了讨一颗精子。她的丈夫不能生育，于是，默许了她的阴谋。他们的女儿已经十七岁了。如果他允许，她想把事情的真相告诉女儿，并请他在以后的岁月里照顾她。

现在，他和这个女儿每个月见一次面，吃顿饭。女儿很聪明也很懂事，没有过分的要求，并没有造成他感情上过度的烦恼。而且，她和他的另一个女儿也成了好朋友，两个人以姐妹相称。但他的妻子与他们的女儿并不知道真相。他想，总有一天，妻子和女儿明白一切，那时，他该怎么跟她们解释呢，她们会理解他吗？他很是担心，经常夜不能寐。

事实上是，那个事件本身，对他一直是个隐痛。因为，他觉得自己是被利用了。

领养

很多年前，我因为求婚姻不顺，一气之下，特别想领养一个孩子，并有所行动，开始广泛征集民意，寻求支持。但是，身边的朋友几乎一致反对。他们认为换作别人，或许还可以考虑要不要领养一个孩子，而我不可以。因为，我不够资格。我每天全日制地饲养自己，却把自己喂得面黄肌瘦，精神萎顿，还想着要领养别人家的孩子，那不是明摆着，是祸害祖国的未来吗?

我只好把这个伟大的念想深藏内心，先放一放再说。但是，当初反对我领养孩子的朋友们，他们的孩子一天一天茁壮成长起来，他们不甘心私藏，纷纷在微博微信上晒他们孩子的照片，包括他们的全家福。每天被迫欢乐着别人的欢乐，爱着别人的爱，我的内心也不是没有一点怨气的。想当初，如果我真的领养了一个孩子，那么，现在这个孩子也应该日日迎着朝阳活蹦乱跳地上幼儿园了吧。

前不久，南方的表姐来京小住。一天早晨，她满面忧思地对我说："你看，我要不要领养一个孩子呢？"我噤若寒蝉，沉默良久。因为，这对失独的表姐来说，是一个不能轻易触碰的话题。半年前，她花容月貌的女儿，正当二十一岁的花季，却因为意外，在伦敦留学的某一个早晨，离开了人世。因此，所有关于孩子的话题，我都小心谨慎地不会随便提起。

表姐说，昨天晚上在微博上看到一则报道，说是一个失独的母亲，千方百计让自己人工授精怀孕，居然成功了，在六十岁的高龄，重新做了母亲，还是一对双生女的母亲。表姐的意思是，再生一个也许要看天意，不是想就可以做到的。但是，领养一个孩子，应该不是一个难事，只是决心问题吧。

表姐还年轻，但是在命运的暴风骤雨的打击之下，她的健康很受影响了。她每天只能入睡两到三个小时。我负责任地对她说，领养孩子待考虑，但是，请先把身体调养好。然后，要和老公商量一下，达成共识再说。毕竟，领养一个孩子，不是领养一只猫、一条狗那么简单的。

和表姐聊天的同时，我内心想要领养一个孩子的念头重新浮出水面。很凑巧，如有神助，很久没有联系的一个女朋友突然来电话，她报告了一个惊人的消息，是我们共同的一对夫妻朋友，无力生育，终于成功领养了一个漂亮女儿，还是她帮忙牵的线。因为，她有一个远亲是一家偏僻乡村医院的妇科大夫。我想，在这个时间段里，清风送来了这样一个振奋人心的好消息，也许是上苍在眷顾我们吧。

已经回到南方的表姐听说之后很冷静，她第二天回复我说："思来想去，还是算了。人生无常，我已经没有信心给孩子一个光明可靠的未来。我不能保证她会幸福快乐。"她临阵退却了。但是，我还有最后的一点冲动，就想再次向朋友们求证，以期得到一点鼓励。

这次征集民意，我得到了比前一次更为猛烈的批评。他们说：如果你真有此心，早在很多年前，你就会冲破一切障碍领养到孩子了。可是，你没有。可见，你也不是认真的。现在都什么时候了，你的体力，你的精力，甚至你的财力都远不如那时候了，那时候至少你还有着一份正经工作，现在，你的菲薄的稿费都不够你自己买米买油的，你拿什么喂养孩子呢？奶粉钱，你有吗，你知道现在奶粉多少钱一罐吗？还不说进口的。

最有意思的是一个男闺蜜的回应。他说："如果你只是为了有人作伴而领养一个孩子的话，你还不如领养一个男人。如果你拿厚待孩子之心来优待一个男人的话，我敢保证，你从一个孩子那里能够得到的，你在一个男人那里也都可以得到，甚至更多。”呵呵。我觉得他言之有理。但我想，领养一个男人的事情，操作起来不比领养一个孩子更容易。因为，我最想领养的是大帅哥金城武，我能够做到吗？

因为一直想着领养孩子的事，不能从这个思维旋涡里抽身出来，有一天就在百度上搜了搜关于领养孩子的资讯。不搜不知道，一搜吓一跳。原来有那么多爱心满满的女人想要领养孩子呢，更让人惊诧的事，还有很多男孩子请求被领养。他们都是成人了，有自己的行为能力，那么，他们为什么希望自己被领养呢？

有的说，他从小父母离异，或者双亲不管他，他渴望母爱，所以，希望有爱心的女士收养他。也有的说，希望有一个有钱的母亲，他想读书上学，出国留学，但家里穷，没有办法供养他。与之相对的是，也有很多女人明确地说想收养十八岁以上的孩子做儿子。她们说，结婚生孩子，太累，太消耗时间精力，如果有现成的儿子，互相给予温暖和关爱，不是各得其所，两全其美吗。在我看来，他们都是期待天上掉大馅饼一样地，渴望得到亲情的大礼包。

但是，我身边的一个女朋友真的做到了。她和老公两人开了一家公司，风生水起，生意红火。终于有钱了，两人知道感恩，就想着回馈社会。他们从报纸上得到线索，有个偏僻乡村的男生高考成绩优秀，但是，父母没有钱供养他上大学。男生捧着梦寐以求的录取通知书却非常绝望。他们知道后，通过报社找到了那个男生。每月汇给他生活费，一直到他毕业。但是，这个孩子比较寡情，从没有来看过他们，大学毕业工作了，也没有任何表示感谢的信和电话。

夫妻俩也不觉得失望，只要孩子自己觉得好就行。他们只是给予了他力所能及的帮助，不算什么的，也没有想要得到什么回报。当然，假如这个男生哪怕给他们一条短信，说说他现在的情况，他们会比较放心。但是，他们同时收养的另一个男生的情况就完全不同了。

这个男生每月收到汇款都会手写一封信，汇报他的学习成绩和思想心得、生活细节。那男生很小的时候，父亲就离家出走，母亲在受刺激的情况下，精神失常。他是奶奶带大的，所以，他一直称呼我的女朋友为“妈妈”。他聪明勤奋，志向高远，大学四年，年年都拿奖学金。然后，考取了公费出国留学。现在美国哈佛读博士。他和另一个男生不同，他没有忘了有恩于他的人。他对他们说，他会给他们养老的。虽然，在金钱上，他现在完全不需要他们的资助了，但是，在心理上，他对自己的养父母非常依赖。他们之间建立的亲密情感，真诚、温暖、恒远。

我的朋友自己有一个女儿在身边，事业也很成功，当然从没有想过要靠这个孩子来养老。但是，现在，几乎每天一次来自大洋彼岸的养子的电话，给了他们非常多的快乐。我的朋友每次与我电话聊天，都要说到他们的养子，他是他们的骄傲。

第四辑　冬有雪

即使爱情童话不能发生在我们自己身上，那么，发生在我们的身边也是好的。我们脆弱的内心，非常需要爱情童话发散出来的荧光，来照亮和激励我们日益黯淡的、平庸的生活。因为我们要活下去。

西红柿，以及爱情试验

有朋友发给我一则性心理测试的短信，让我在西红柿的N种吃法里选择一种：榨汁，火炒，褒汤，凉拌，还有生吃。我好不犹豫地选择了生吃。这确实是我最家常性的，也是最喜欢的吃法。因为原汁原味，而且最直接、最简单、最省力。

朋友收到我的选择之后，又给我发来测试的答案，也就是每种选择背后的性心理倾向。我的生吃西红柿的习惯背后，显示了我的偷情的概率为零。呵呵。不知道我是应该高兴，还是悲哀。朋友调侃我说："如果我是男人，定要娶你回家做老婆。"

难怪我是夜夜荒睡，原来禀性使然。身边也不是没有男人对我明示、暗示，也有为了某人暗送过来的秋波心潮起伏、夜不成眠的时候。但，也就想想而已。由我跃跃欲试主动付之行动的，几乎没有。即使走出了第一步，喝喝茶、吃吃饭，但接下去，经常就没有心力完成了，戛然而止或者半途返回。因为，名不正言不顺的、近乎是冒险的情感建设，也许要比一般的没有障碍的感情来得刺激，却也要因此付出相应的心力，甚至代价。

暗流涌动，也许会带你飞云入海，逍遥浪尖，但也许就会拉你入了深渊黑峡，让你死无葬身之地。而基于人性的弱点，后者的可能性更大一点。

不过关于爱情试验，我一直不能忘记曾经看到过的一则社会新闻。说是某城市里有一对就要结婚的男女。女孩很年轻也很上进，所以，对爱情与婚姻就有了比一般人更多的期许。临结婚前的一个月，不知道为什么，她产生了对未来的不确定感。随着婚期的临近，从她内心深处发散出的这种不确定感，越来越强烈。

正巧，不怎么看报的她，偶然从别人桌上，读到报纸上的一则信息，说是有一家新开的公司，专门提供特殊的服务，其中一项就是爱情试验。她想了一夜，最后决定不妨一试。这件事她谁也没有告诉，就算是好玩吧。她把自己未婚夫的资料给那家公司传了过去。

一个月后，详细的爱情试验的报告递到了她的手上，有照片，有录音，有文字记录。她的未婚夫的得分是不及格的。几乎与此同时，他的电话也来了，请求解除婚约。理由是，他感觉自己还不成熟，还没有准备好。他何以得出这个结论呢？明显的，是她的爱情试验帮助了他。公司派出的绝色美女，在他写字楼下面的茶室里引诱了他。虽然，几个回合之后，那个美女突然消失了。但是，他由此对自己的魅力指数的信心大增。他觉得也许自己还有更好的机会。

她差点崩溃。因为，她所在的是一座小城。结婚的消息已经广为人知。那么，临时解除婚约，对双方的名声是一种伤害。对她尤其如此。而对她更大的伤害是，她不知道还应不应该相信男人。她和他谈婚论嫁前后有三年多，她还有几个三年可以蹉跎呢？

那个爱情试验公司的老板一定是对爱情失望，对人性的弱点有充分了解的人。不知道他的旗下有多少美女俊男，频频出动中，离散了多少对情侣或者夫妻。每年年终总结的时候，面对纷纷败落的爱情以及爱情的坟墓，他这个掘墓人会是欣喜还是悲伤，他会因此有成就感吗？

我身边就有一个女朋友基本抱定了单身走到底的决心。因为，但凡她看中的男人，不论是别人的情人，还是别人的老公，只要她蜘蛛吐丝，无一漏网。而且，她也经常被自己女友的老公骚扰。她由此对爱情对男人不抱希望。她觉得，结婚有什么意思呢？好像没有什么意思。

不过，我一直记得女作家李昂的一篇小说，小说名字就叫《爱情试验》。书里有一则爱情试验的小试题是这样的：有一个女子L，她的未婚夫M在一条大河的对岸。河流汹涌，连同战事爆发，她必须在那天夜里渡过河去和她的心上人会合，否则，也许永无见面的机会。她想让朋友D带她过河。但是，D说，他深深爱着她，不愿意她为人所得，因此拒绝了她的请求。正当她伤心哭泣的时候，男子S来了。他愿意带她过河，可是，他要先得到她，他一直绝望地爱恋着她。女子为了能够见到自己的心上人，就答应了他。可是，等她到了河对岸，当M知道了事情的原委，他很痛苦，并且抛弃了她，因为，他爱的女人已经不完整了。女子伤心欲绝，回到河的这边，一个人苦熬岁月。后来，男子H找到她，告诉她，他不在乎她的过去，想要和她结婚，百年好合。

故事讲完了，请你回答，如果那个要过河的女子就在你身边，你会怎么做？你比较喜欢四个男子中的哪一个？故事里的人物，女人L代表了爱，男子D是信仰，S是性，M是道德，H代表的是家庭。

我在几次不同场合的饭局上，分别讲过这个故事。基本上在座的所有的男子都拒绝回答。他们笑得很坏，说，那还不明显吗，还需要选择吗？他们闪烁发光的眼神里，似乎都有一个S。

事实上，每一个男人或者女人，都有可能是D、是S、是M、是H。但是，世事造人，也弄人。在光辉伟大而灾难深重的S面前，信仰、道德、家庭都有可能分崩离析。即使我这个喜欢生吃西红柿，偷情的概率几乎为零的人，也不例外。

因为，我知道，假如我心仪的男人如周润发、刘德华等偶像约会我，我也会义无返顾的。而且，新人辈出，我的偶像也在不停地置换，经常地，我会在人群里突然发现一张近乎金城武的完美的脸。

在那一刻，我怦然心动。

荷兰小帽，或者法国信封

荷兰小帽，或者法国信封，是一句暗语。

就像女人的私房话里，“太平公主”并非是说唐朝那个骄横美丽的太平公主，只是暗喻一个女孩子平胸。而荷兰小帽，或者法国信封，在更为隐秘的闺房密谈里，暗指“安全套”。

当我在两本闲书里分别读到了俏皮的“荷兰小帽”“法国信封”的时候，我一定是嘴都笑歪了的。真正是智慧在民间啊！

想当年，我听到一个男人形容另一个男人，说某个男人很好色，就干脆说他是一只红红的、熟透了的大柿子，我也是忍俊不禁，一路仰面大笑回到家。不是笑柿子，而是笑发明暗语者的聪明。那不是一般的聪明，是近似于天才的。

荷兰小帽比起法国信封来说，是一个更古老的名字。好像是在中世纪，人们用原生态的动物的肠衣做成了避孕套。是羊？是牛？不知道。但一定很环保，也一定不很牢靠。而且，还肯定不能满足人们大批量的日常需要。使用起来一定不怎么顺手。

说到这里，我想起看过的一部电影《武侠》，汤唯和甄子丹出演一对山村小夫妻。丈夫杀死了两个入侵的小贼，村民就起哄说，晚上一定要他的妻子好好犒劳一下英雄的老公。临睡前，妻子在水盆里折腾一只鱼肚泡泡，丈夫说，不用了，太腥。妻子说，那万一怀上了怎么办。丈夫说，怀上了就生吧，穷就穷一点啦。由此，我才醒悟过来，那个鱼肚泡泡，原来是他们天然的避孕套啊。

所以，被情欲驱使的人们再接再厉，最终用橡胶加高科技，做成了现在时髦的、超薄的，甚至含有苹果、香蕉、橘子以及巧克力等各种香味的安全套。

现在安全套流行到什么程度了呢？一本时尚杂志的生活指南栏目说，在女人随身手袋里与口红并列的居然是：安全套。我翻的还是一本几年以前的旧杂志了。我目瞪口呆，不是假装纯洁，我真的以为时尚杂志的理念很超前，不是快了半拍，而是三拍。

因为，作为现实中人，我自己，包括身边的女友们，我敢肯定，可爱而又隐秘的荷兰小帽作为日常消费品、必备品，更适合的地方是枕边抽屉里，或者其他什么秘密安全的地方。在有孩子的家庭里，装了安全套的抽屉或柜子甚至是上了锁的，一是对性事的谨慎态度，二是提防类似电影《阳光灿烂的日子》里的小男孩，把安全套当作气球吹上天去。如果这个桥段在现实生活里出现，那是会令成人尴尬的。

我也在美国电视剧《欲望城市》里看到，女主角凯芮在大街上与人撞了个满怀，手袋落地，里面的小隐私瞬间在光天化日下如数暴光。众目睽睽之下，凯芮极其坦然地、不慌不忙地，把口红以及荷兰小帽等收归手袋里。而那个注视她的英俊男士似乎也没有少见多怪。他闪闪发亮的眼神里，有欣赏或许还有几丝嘲讽的意味，但更多的是惊艳凯芮的大方、性感与美丽。两人一见钟情，开始了最终花好月圆的情感历险。

后来，我就此问题，专门咨询过身边的女友。我说，你随身的手袋里会有荷兰小帽或者法国信封吗？她们就笑。怎么会呢？也许会有情书，但不会有这个东东。

为什么没有？

“因为没有必要啊。我们或许会随意走进哪个餐馆就餐，却决不会随意地走进有一张双人床和一个单身男人的陌生房间里。那太冒险，也不够矜持。我们又不是性工作者。”

从海外留学回来的罗拉另有想法。她说，在美国留学时，她和身边的女友晚上出去与情人约会，她们一定会带上安全套的，那是为了防止意外。出远门时的随身包包里，也是准备着荷兰小帽的。如果遇上劫财的恐怖分子就把钱包给他，如果是劫色的就请求他把荷兰小帽戴上，同样也是为了防止意外。虽然，用上荷兰小帽的概率几乎等于零，但防范于未然，心里有底，遇事不慌，把危险系数降到最低。

而我今天之所以会以荷兰小帽为题，写一篇文章，是因为我身边确实有女友为了荷兰小帽左右为难，忐忑不安。

女友一，她特意打来电话，很沮丧地说，昨天与认识不久尚在磨合阶段的男友约会。两情相悦，彼此有激情的时候，她不失时机地提醒他，荷兰小帽！

男人颇为扫兴，态度生硬地说，没有，也不喜欢。于是，就因为没有荷兰小帽在枕边，我的个性鲜明的女朋友拒绝进一步的探险，她起身走人，把激情高涨的男友晾在那里。她说，就此刹车，彼此只是有些不快而已。如果继续冲下去，谁知道会有什么事情发生呢。而受害者就是她自己了。

但是，从那天起，他们的关系一落千丈。三个月过去了，温度再也没有回升。

女友二，她的问题也与荷兰小帽有关。

她说，她最近前后几次去相亲，都遇到一个问题，那就是在见过三次面，身体以外的了解差不多之后，男人就想有近一步的肌肤之亲，期待身体语言的发生。但是，有个技术问题是，她要不要准备几个荷兰小帽在手袋里？应该由谁来准备？

不准备吧，她身体很被动。因为，万一对方是个病毒携带者，她就栽了，就此万劫不复都有可能。准备了呢，她觉得也很被动，是心理上的被动。男人就会在心里说："这个女人是有备而来哦，原来她早就准备了要与我风月云雨一番的啊。"

我闻听，莞尔，但是，无言以对。口谈风月，我是高手。可是，具体到了双人床上的道德底线在哪里呢？

所以，我的女友一，最后就在电话里庆幸地说："虽然每每想到失去一个条件不错的男朋友心里也难受，但是，每天我临睡前，都会鼓励自已说，啊，我是这个世界上最安全的女人。虽然，这安全是以拒绝为前提，以寂寞为结果的。"

让人又爱，又恨，又怨的荷兰小帽，或者，法国信封啊！

摇啊摇，摇到外婆桥

我五岁的时候，才第一次见到江南小镇的外婆。她全身披戴得一丝不苟，从蓝印花布的头巾到三寸金莲的绣花鞋，腰里重重叠叠系着两三层腰裙。那是后来我在电视剧《红楼梦》里才又一次见识到的，介于裙子与围裙之间的服饰。当时我只觉得外婆好古怪，像古画上的人物。可是，那是外婆最最体面的，出远门做客才穿的一整套礼服。

那也是外婆第一次来她小女儿家。小时候的我完全不明白外婆为什么如此不喜欢我的父亲。因为我母亲执意从江南嫁给了江北的父亲，外婆伤透了心。那次，外婆屈尊住了半个月，然后就坚决要求回到她自己的家里。一江之隔，摆渡一趟也要好几个小时。但是，外婆把我带上了。外公已经去世，她是寂寞的。母亲乐得轻松几日，就给我挽了一个小花包裹，装了几件零碎，叮嘱了几句，就让我随外婆去了。

外婆住的砖木结构的大房子是我父母家的几倍大，四间朝南，还有东西厢房各三间。大门两扇，体面而厚重，五岁的我，想推都推不开。每个房间里，大小家具上都有精致之极的牡丹、鸟雀的雕花。后来我在一个女朋友家里看见她从旧货市场上淘来的古色古香的床、桌、椅、案、几、凳、窗棂，我在外婆家里都见到过。外婆家是殷实的。据说外公生前是那一带最有口碑的米行老板。外婆一生养尊处优，她觉得自己最失败的事情，就是小女儿嫁到了江北，她的体面因此受到严重的伤害。

我每天早晨醒来的时候，都看见外婆坐在镜子前，一遍一遍地用一种叫作篦子的木梳子梳她的花白长发。梳得太阳照在地板上的光影移动了一小格的时候，她才心满意足地收手，把长发挽成一个髻，插上一根因为用得太久了而闪闪发亮的银钗。然后，她把镜子一推，就合上了她的梳妆盒。那种装饰感极强的梳妆盒，母亲也有一个，那是她的嫁妆之一。里面有几只小抽屉，分别装她的头饰、手饰什么的。母亲的这个宝贝，后来被姐姐要走了。

外婆家大大的院子里种了十几种花花草草，有的开花，有的只长叶子，并不好看。外婆却侍弄得很殷勤。做饭炒菜的时候，她经常颠簸着她的小脚，飞快地进进出出，一会儿到那里摘几片叶子丢在油锅里，一会儿又掐一两根什么东西放在汤里，原来她种的都是类似香料的植物。比如：薄荷、迷迭香、熏衣草，等等。尤其是细碎的小葱，她几乎每次做菜都离不开。她很隆重地要我每天给葱浇点水，不要浇多了，每次只浇一点点就好，并告诉我，这叫葱。

后来，我到了北方读书，在农贸市场上看见商贩卖一捆一捆的东西，我以为是蒜。商贩很奇怪地看着我说，这是葱啊。我吃了一惊。南方的小葱到了北方就成了粗壮的大葱。明清的言情小说里经常比喻女子的十指如葱，可以想象其纤细柔美之极的小手是何等的妖娆。可是，那一定是指南方的小葱哦。

特别喜欢绵绵细雨的时候，外婆很安详地在堂屋里纺纱。纺纱车轱辘咕噜转，外婆就会讲母亲和舅舅们小时候的很多事。纱线时断时续，外婆的故事也讲得颠三倒四。

南方的雨季有些潮湿。到了夜晚，外婆会放一些木炭在香炉里。上面架了一个竹子编的笼屉，我和外婆的衣服就晾在上面。衣服晾干了穿在身上的时候有一阵阵好闻的熏香的味道。虽然，每次外婆只是放很少的一把香料在香炉里面，可是，香味却悠然而久远地保留了下来。那是外婆的味道，是我关于江南的一点点隐约的记忆。

天上掉下个林妹妹

昨天去京城南郊的黄村，现场看一个女朋友的行为艺术的实验全过程。因为路程比较远，又是没有去过的地方，就想着约一两个朋友一起去。一路上有人说说话，帮我看看路标，万一走错了路，还可以有人商量，以分担我的恐惧和忧虑。

走生路，十有八九，我是会露怯的。

结果，我还真没有高估自己，我又走错了路。一连转了两个弯后，我就分不清东西南北了。幸亏车上有一个小男生，他跑前跑后地问路，最终力挽狂澜，走回了正道。不过，等我们到达黄村的时候，行为艺术已经进行了大半。

这个男生出现在我的车上并不是偶然的。他是一个朋友无意间介绍给我认识的，但有一天闲聊，那个朋友却说："你每每为单身寂寞而惶惶不可终日，何不打破观念，尝试一下姐弟恋呢。比如某某，我看着就很好。”

乍听之下，荒谬感油然而生。

不过，昨天翻看电话本，选择出行同伴的时候，看到他的名字时就一下子确定了他。他很快回了短信，表示了期待。但显然，他对姐弟恋之说全不知情。

一路上，我探听他的属相、星座、血型什么的。很意外，他居然比我小太多。那么，所谓姐弟恋的可能从我这边就先给否了。于是，我就说，我有个女朋友，大概比他大两三岁，而且是他的同乡，介绍他认识做男女朋友交往，如何?

他很断然地否定了。他居然说，大三岁啊，太大了吧。他的话加深了我原来的观念，所谓姐弟恋，通常并不是一个弟弟爱上一个姐姐，而是，一个男人爱上了一个女人，却凑巧发现居然男的比女的小很多。可是，爱情无敌，至少在特定的一段时间里，爱情是占上风的。于是，所谓姐弟恋就成既定事实了。当然，另一种除外，富婆找小男生的不算，那是金钱和青春的组合，与爱情关系不大。

路途寂寞，我就有意无意地继续探听他的虚实，却发现原来他还是一个处男。这年头，有第一次见面就想跟你上床，被拒绝了也毫无羞愧之心的男人，让我常常叹息世风日下。可是，居然也有男人快到而立之年还是处男一个，也让我耳闻而心惊。

他承认自己性格是比较被动的，他一直在等待命运的安排。天上掉下个林妹妹的说法，他或许是不信的，事实上却是好比一直在做一个等待天上掉下个林妹妹的行为艺术，骨子里并不是没有一点期待的。

无独有偶，我的一个女朋友也是如此。她不接受相亲也不接受网恋。她也没有在酒吧、单身俱乐部等有可能遭遇爱情的地方出入与游荡。她每天按部就班地过日子，在路上、公车上也是目不斜视、心无杂念。男朋友没有，女朋友也很少。她也还是一个处女，甚至，连接吻都没有过。

可是，为什么我不得不打开电脑，写下这组文字呢？因为，他们就是我的过去。

当我拥有十二分青春与容颜的时候，我比他们还矜持。一个长假七天，我会买回一堆垃圾食品，然后把自己关在家里，不接电话也不上网，就是读书、写字、看碟、发呆，白日连着黑夜地做梦——还都是好梦、美梦。

我没有觉得衣鬓光鲜、笑语婉转、心态积极对自己对别人有多么重要。我一厢情愿地以为，照亮自己的内心，有书、有希望就足够了。未来自然在生长着、暗涌着，什么都会有的。面包会有的，牛奶会有的，宝哥哥也会有的。他一定在某个街口，餐风饮露地、毫不气馁地等待着我。

所以，昨天闲谈，说到即将到来的长假如何计划，年轻的他说，去年他连着七天没有下楼，像一只土拨鼠在洞里吃一点东西，看一点书，然后就是闷头睡很久。旁听的我一阵难过。他不知道自己错过了什么，正如年轻的我，那时候也不知道自己错过了什么。

不过，昨天也有意外。一是我在行为艺术现场，不小心被绊了一跤，膝盖与手肋多处挫伤。这是不好的。好的呢？

从黄村的行为艺术现场退出来，我的女朋友招呼一帮子人回城吃饭。饭桌上突然有人爆料，说在座有一对新人刚刚结婚。男的是光头，落拓不羁的艺术家造型。他是一个摄影家，每年的大半时间在西藏游走。半个月前，他应邀到一个朋友家包饺子时与一位女士一见钟情。半个月后，他捧着自己的存折和工资卡对她说："我的身家与性命都交付给你了。"

坐在一旁的新娘端庄典雅。她也笑，接着述说他们的爱情故事。她说："一见面我看他衣衫褴褛，以为他很穷。哪里知道他很有钱的。不过，他也没有想到，我比他更有钱，我的财产是他的数倍。但是，看到他我就觉得其他什么都不重要了。最最重要的是，我俩心心相印，相依为命。我们准备买一辆大篷车，带上我们的全部家当，去过信马由缰、闲云野鹤的自在日子。”

天上掉下个林妹妹的事情还真是发生了，就发生在我们身边。可是，为什么我还是如此难过?

张爱玲的幽居生活

已经不怎么与人谈论张爱玲了，因为大家已经说了太多。前几天，上海来了两个朋友，一个是饱学的老夫子，一个是伶俐的小女子。在簋街的花家饭馆，不知道怎么就绕也绕不开地又说起了海派祖母张爱玲。而之所以说起张爱玲，却是因为讨论胡兰成的品格质地。

让我们争论不休的不是因为胡兰成的民族气节，也不是他的才高才低，而是，胡兰成对待女人的态度问题。他是否是一个情深义重的男子？

这就有点笑谈了。因为，胡兰成的无情无义是最无可辩驳的。他对待女人，类似狗熊掰玉米棒子，掰一个丢一个。根据他的生存需要，任何时候身边都有一个为他打理一切的女人。他是深深懂得女人心的，他很能拿捏，总是有本事让某一个女人在他需要的时候投怀送抱。而他不再需要，弃她们而去的时候，她们对他也并不怀恨在心——也许有点怨，却不至于恨。这就是所谓的情场高手了。

他是多情的，也是滥情的。对每一个具体的女子而言，终究是无情无义的。相比他而言，张爱玲是看似无情却有情，是一个内心有大深情在的女子。在她花样年华的时候，她遇上了胡兰成。她爱上了他。不为金，不为银，甚至不计较他是别人的老公，也不计较他在伪政府谋事的尴尬身份。只因为，他懂她。或者说，看起来他似乎很懂得她。

并没有张爱玲期待的世事安稳。好日子没有多久，胡兰成就被迫落荒而逃。有一次他悄悄潜回上海，与张爱铃秉烛夜谈的中心话题，竟然是他在武汉爱上并与之同居的小周。当夜，张爱玲神情黯淡，要求与胡兰成分床而卧。第二天清晨，胡兰成来到张爱玲的床头，一夜未眠的张爱玲双臂揽住胡兰成，喊了一声“兰成”，潸然泪下。

接着，张爱玲又到胡兰成隐身的小村庄去看望他。哪里知道胡兰成在那里已经有了类似小周的另一个女人了。张爱玲的绝望可想而知。离去的船舷边，她一人雨中撑伞，“对着滔滔黄浪，伫立涕泣久之”。

后来，张爱玲到了美国，遇上了比她大二十多岁的剧作家赖雅。赖雅对她如何，我们不得而知。我只看到有一个在美国与张爱玲有过交往的庄先生，愤愤不平地在自己的文章里说，对赖雅，张爱玲是他的保姆、秘书、护士，甚至他在经济上也要仰仗张爱玲的贴补。一如胡兰成。

胡在自己的文章里也说，张爱玲后来给予他的经济上的接济，比他早期给予张爱玲的脂粉钱终究还要多一点的。张爱玲是很懂得理财的，在上海通货膨胀的时候，她甚至买了好多印书用的纸，码在家里等待升值。一个懂得钱财珍贵的女人，在为她所爱的男人付出的时候却没有吝啬过。

这就是我理解的、所谓的，有情有义，有始有终。

张爱玲悉心照料服侍了赖雅许多年，直到赖雅到了另一个世界。而逃亡到了日本的胡兰成，还在利用张爱玲在读者间的温度和厚度，写出了畅销书，把张爱玲放在几个女人之间并列。也就是说，张爱玲只是他诸多女人中的一个。他的行文如此从容，优雅到了无耻，好比是在点评他后宫里的嫔妃。谁比谁貌美，谁又比谁温柔。难怪若干年后张爱玲读到他的文章后，很不开心地说，这么多年过去了，他怎么还是夹杂不清呢。

但是，使我一直想不明白的是张爱玲五十岁以后，长达二十多年的幽居生活。最后，她一个人苍凉地离世，过了好多天才被人发现，她对自己实在是狠了一点。所以，当饭桌上有人以此为据，说明张爱玲的心冷、心狠的时候，我无话可说。张爱玲的冷和狠在她的文字里是更深刻地呈现着的。而且，她和赖雅是有过一个孩子的。但是，张爱玲似乎并没有做母亲的愿望，或者当时很可能也没有养育孩子所必须具备的物质条件，孩子于是就被无情地流掉了。

所以说，张爱玲晚年的独居生活，似乎并不是上帝的意思，而是她自己的安排。庄先生的文章里还说，他几次在校园里看见张爱玲衰弱的面容和步态，都很想帮助她。但是，他不敢。因为，她似乎并不需要。对朋友的问候信件她几乎不置可否，电话几乎是不用的，往来琐事必须有交接的，也都是书信来往。

在《万象》杂志上，我看到一篇小文章，说她的助手为了体恤她的心情，不打扰她的孤独王国，每次把一些卡片和纸条早早地放在张爱玲的桌子上，然后就回避出去了。

但是，张爱玲终究是有情之人。有一天，她的助手很感动，她发现，张爱玲为了答谢她的好意，在回复的纸条上压了一小瓶香水。而其实，助手所做的也只是分内之事。这个小小的细节，竟让我的心里也充盈了温暖和安慰。张爱玲终究是张爱玲啊。

张爱玲虽然幽居，不与俗人往来，但对红尘俗事其实是一直关心着的。她家的小小的黑白电视机二十四小时开着，控制在无声状态。

三个月前，我因为左脚意外踩空受伤，在家里“幽居”了三个月。所谓伤筋动骨一百天。一开始的种种浮躁，好像被一天天的时间过滤去了。我渐渐体会到什么叫心静如水。也因此，我似乎领悟到了一点张爱玲“幽居”的个中滋味。

她遗世独立，她对人群疏离与决绝。当她不再写作的时候，她似乎是以这个姿态表明她对世界对人生的态度。而这种态度与她的文字又是如此的一以贯之、一脉相承。我想是的。

教父身边的女人

电影《教父》有三集，前后拍摄的时间跨度有二十多年。我呢，从我知道有这部电影到现在，这十多年里，已经反反复复看了N遍。三代教父自然各显风骚，其狠、其毒、其智性与感性的张力各不相同。

可是，我每每关注的是教父身边的女人——母亲、妻子、妹妹、女儿。

第一代教父的妻子出场的时候，已经是祖母级的人物了。她给教父生了三个儿子，一个女儿。她儿孙绕膝，是家族的爱的中心，却不是权力中心。权力的中心人物当然是教父。基本上她没有一句台词，只是出现在背景里。但她的每次出场，温暖的音乐主题就会紧随而来。

她丰腴饱满、结实宽厚，是家族的繁殖延续的渊源。此外，她还代表着坚韧、坚强、勇敢。她的形象与续集中出现的第一代教父的母亲的形象重合。

在西西里，母亲带着不满十岁的儿子去见黑道的头目，央求他放过她仅存的小儿子。她的丈夫以及其他几个孩子都已经在火拼中丧生。但是，她的央求没有得到允许。于是，她掏出藏在怀里的利刃逼近敌人，命令自己的小儿子快逃。母亲牺牲了，逃跑的小儿子偷渡到了美国，白手起家，成为家族的第一代教父。

第二代教父的妻子是个美丽的女人，一个幼儿教师。她不仅美貌而且温良、柔顺。与前辈母亲的形象不同的是，她是知识女性，有良好的教育背景，所以，她爱憎分明，有独立的思想力。当她的未婚夫不辞而别、远走他乡避祸的时候，她无望无助地一年一年地等，一次一次去未婚夫的家里打听他的消息。可是，当她成为第二代教父的妻子，知道他的重重黑幕，明白他的生存逻辑的时候，她很愤怒，她流产了他们的第三个孩子，导致他们爱情生活的第二次分离与断裂。她的挣扎是她内心情感与天理道义之间的决斗。其实，她一直深爱着自己的丈夫。

第二代教父有个深爱他的女儿。在第三集中闪亮登场的美丽女儿，在第二集里只是一个襁褓里的婴孩。仍是小演员本人，导演的女儿，二十年春秋之后，在第三集开拍的时候，她已经亭亭玉立。在剧中，含着金币出生，在家人刻意营造的温柔之乡里长大的她，娇媚而任性。她的公众形象是家族慈善基金会的主席。当她穿着一件金色的晚礼服，把一张亿元善款的支票顺手递给他人的时候，轻松幽默地说了一句“悠着点，可别一下子就花光了”。而实际上，她并不知世道人心，也完全不明白父亲为什么不允许她和自己的表哥恋爱。

她也不明白，为什么她英俊的表哥，也就是后来的第三代教父选择了权力而没有选择爱情、选择她，她明白表哥是爱自己的。她就在这样的困惑与忧伤中，在歌剧院的门口，被黑暗的子弹击中。她捂住自己流血的胸口，睁着一双无辜的大眼睛问父亲：这一切都是为什么？

比起教父的母亲、妻子、女儿的形象，我更加欣赏的是教父的妹妹的个性成长。在教父身边的女人中，她的戏份是最多的，戏剧形象也是最为饱满有力的。电影第一集，是以她的婚礼庆典开场的。那时候的她，兜着蕾丝花边的裙边，春风满面地接受亲友的礼包和祝福。

可是，她的父兄显然没有为她选择好夫君。她的丈夫只是一个花花公子，暴力、不忠，最后竟然背叛她的整个家族。这个男人让她吃尽了苦头，她却还是维护他的，只因为他是她孩子的父亲。

她的哥哥，也就是第二代教父清除异己，杀死了她的丈夫，她很长时间都不能原谅他。她选择了报复，报复的方法是一次一次地结婚，换了无数个男人，每一次浪荡了一圈，钱花光了就回来问哥哥要。这时期的她，只是一个胸大无脑、无知也无畏的浅薄的女人。

可是，她终于有一天幡然醒悟。她跪在教父的膝前，亲吻他的手背，请求哥哥原谅她的不懂事。她说，她已经明白了哥哥为整个家族的现在与未来付出了多么大的努力与牺牲。她请求他允许她留在他的身边，陪伴他、照顾他。

她的心智仿佛在一夜之间成熟了，她的目光也在一夜之间变得坚定而有力。同时，她粉红色系列的着装变成了永远的黑色。她的美丽的长发高高地挽在后面，变成一个定力十足的黑寡妇形象。

那时，教父内外交困，身体上的病痛以及因杀死了自己的亲哥哥而始终裹挟在心里的痛，折磨与吞噬着他的健康。她选择这时候来到他的身边，因为他知道，教父需要她。她甚至明知内情却还言语凿凿地说，二哥是不小心失足掉进河里去的，请他放宽心养病。

教父在晚年，妻子离开了他，喜欢音乐生性温良的儿子也与他渐行渐远，他的孤独是可想而知的。这时候，只有他的妹妹以她坚韧的心智，如母亲一般在身边照顾他、支持他。

也是她，适时推出了被处死的二哥的私生子——她的精明强悍的侄子进入家族的权力中心。这位侄子并没有辜负她的殷殷期望，在一次一次明争暗斗中显现出他惊人的意志力与决断力，并在她的扶持下，最终成长为家族的第三代教父。

而最出色的一个细节，是歌剧院的夜晚，她亲手递给家族头号敌人奶油蛋糕。那是一碟有毒的甜点，狡猾却又贪口腹之欲的敌人，不放心地请她先品尝，她居然也一一照办了。近镜头里，她尖锐凌厉的目光裹藏在款款微笑里，她尝了一口。最后，在她的望远镜里，坐在对面包厢里的敌人终于吞咽下最后一口甜点，死了。她的胜利者的黑寡妇式的微笑瞬间浮现在嘴角。

她的性格力量直接承继于她的祖母，她的母亲。如果嫁对了人，她也有可能成为母亲那样的贤妻良母。和很多女人一样，甘心做一个背景里的女人。可惜，时运不济，在短暂的迷失之后，她选择了成长。如果她不选择成长，继续胡闹下去，那么，她终有一天会被家族淘汰出局，像她倒霉的二哥那样。

出演教父的妻子和妹妹的两个女演员，从头演到尾，没有被替换过。可是，妹妹的角色跨度远远大于他人。她的身体语言、表情、眼神，前后判若两人。这是一个演技上乘的演员，可惜，我从来没有看到过有人专文介绍过她。除了这部电影，居然也没有见过她还有其他作品。

应该提一下的是，第二代教父结过两次婚。在他避祸的山间小路上，有一天他遇见了一位泉水般清澈的村姑。他爱上了她，娶了她。可是，有一天她代他受难，被装置在汽车里的炸弹炸得粉身碎骨。

他终生怀念着她。到晚年，他回到乡村小镇，遇上一群乡民正在操办结婚喜事，他们载歌载舞。那一刻，时光回转，他眼前快速旋转的是他的新娘美丽清醇的微笑和她那种羞涩难耐的眼神。

靠近权力中心的女人是危险的。可是，不幸或者有幸成为教父的母亲的女人是无法选择的。同样，不幸或者有幸成为他的女儿的女人也是不能选择的。是命运选择了她们，而不是她们选择了命运。

那么，教父的妻子呢，她们可以选择自己的命运吗？也不能。当她们爱上眼前的男人时，他只是一个单纯的大学生，或者只是一个在小山村里闲逛的少爷。当教父的第二个妻子明白她的丈夫无恶不作的时候，她选择了离开。可是，她并没有因此而逃脱女儿被那颗飞速旋转的子弹击中的命运。

好风好水

我对家居风水似乎本能地不敏感。但是，如果别人对我的家居环境有什么说法，我就会很紧张。因为我胆子小。

有一天，偶然翻看一本有关风水的书。上面说，卧床的朝向，直接影响我们大脑的正常运转。正确的方向是头北脚南。我吓了一跳。当天回家，见到父母的第一句话就是："我要挪床。"因为，我的床当时是反向的，正好是头南脚北。难怪我做学生时考试成绩一直是平平，出了校门财运也是平平。原来都是床的朝向惹的祸啊。

父母仔细拜读我带回家的书，也是恍然大悟的样子，然后引咎自责，说怎么早不知道，白白耽误了你这么多年。当下，父母连晚饭也来不及做，就先把床给挪了。因为挪了床就要挪书桌、衣柜，等等，好一通紧张忙乱。

当天晚上，我睡得很香，几乎是劫后余生的侥幸心态。那一段时间，一有机会就问别人，你家的床是什么方向？搞得周边人人自危，分头以最快的速度跑回家，挪动自己的以及孩子的床。

但是，没有多久，我就噤若寒蝉了。因为，我在另一本书里，居然读到了完全相反的忠告：最佳的床的朝向，应该是头南脚北。可是，事情到此并没有完。没多久，有一本八卦杂志告诉我说，头东脚西是最有利于睡眠的。问题是，我后来在一本台式日历牌上又读到几行细密的小字，指示我说，头西脚东能给人带来好运气，等等。

于是，在半年里，我的床挪动了N次，最后，爱心绵绵不绝犹如滔滔江水的父母也恼了，说："你呀，最好把你的小床搬到太空里去算了。看来，地球是盛不下你的一张床了。"我特别理解他们的郁闷、无所适从的感受，我比他们更加感同身受。

后来到京城谋生活，搬进自己的新家之前，租过几处房子。每次看到一张陌生的床，我还是会若有所思地看看它的朝向，虽然再不肯挪动什么。可是，习惯它、接受它，却总要过几天才行。

在自己的单人房里寂寞地过了好几年之后，最近，又开始为了风水烦恼了。起因是老家来了一个朋友，她听说我至今还是孤家寡人，立即柳眉倒竖，坚持要到我家里看看。她袅袅婷婷地在我的房间里走了几个来回，然后，沉吟良久说："你最好搬家吧，把房子卖了，另择雅居。"我闻听，差点跌坐到地板上去了。我怪她危言耸听，我说："以我这等小民的生存能力，你以为买个房搬个家就像去一次超市那么简单容易吗？"

她怜悯地看着我说："那你就愿意一直单身下去吗？孤苦伶仃地进入中年、老年？你不怕吗？"我笑笑说："我也怕，但更怕你像个巫婆啊。呵呵。"她走后，第二天给我打来长途电话。她说："我已经帮你寻觅到化解的方法了。你呀，在第一时间出去，捧一只地球仪回家。在下午四五点钟之间，放到你的客厅的窗户下面。一解百忧，好运气从四面八方滚滚而来。你从此就高枕无忧，等着佳婿求婚上门吧。"

我放下电话，立即去书房，把一只西瓜大的地球仪从书柜里搬出来，抹去灰尘。然后，等到夕阳西下，估计时辰差不多了，我极其庄重地把地球仪摆到了窗户下。

就在转身之际，我感觉到轻风拂来，因为淡绿色纱布窗帘分明已经在微微摆动。已经几天过去了，几个月过去了，我现在每天的主要功课是，一有空闲就端一杯清茶，坐到窗边的椅子上看着地球仪发呆，想象我的佳婿可能的模样。

今天，偶然地和一个美眉聊起了家居风水、床位的走向等陈年旧事。她的一句话瞬间点拨了我，如醍醐灌顶，让我灵魂轻松如小鸟般地想飞了。其实，她的话很简单，真理总是最最朴素的。她说：“好风好水都是从你的好心境里吹出来的。你难道不知道境由心生的道理吗？所以，你只要把自己的心情调试好了，就什么都有了啊。至于床位的走向，那很简单，只有一个原则，就是永远不要让你的脚对着门。这是忠告。”

鸡和鸭

平常百姓的餐桌上是离不开鸡和鸭的。为了口腹之欲，也为了营养均衡。食色，性也。一个和睦社会是不是也要有一群鸡、一群鸭，为某些人提供特色服务呢？有意思的是，女人从事色情业，被讥讽为鸡。男人，则被叫作鸭。

前天与一群朋友去爬山，中午爬到半山腰吃农家菜。大嫂一会儿端上来一大碟鸡，说是家养的土鸡；一会儿又端上了一大盆的鸭汤，说是家养的土鸭。饥饿的我们，一番紧张地大快朵颐之后，神经放松了下来，于是，有闲情东张西望，欣赏山光水色。

却见有一群鸡在树林的一端觅食，还有一群鸭在树林的另一端玩耍。它们友善地保持距离，互不相干。由于低头专心觅食，有意无意间过了界的鸡或者鸭，马上就有鸡头或者鸭尾对它们表示异议，甚至抗议。一阵鸡鸣鸭叫之后，鸡归鸡，鸭归鸭，马上恢复了平静。这是一群好脾气的鸡，一群好脾气的鸭。至少在我端详它们的一刻钟里，它们和平共处，其乐融融，没有发动任何战争，只是短暂的小小的骚乱而已。

可是，在民间却有一句话是形容鸡和鸭之间的不可理喻。鸡同鸭讲，有什么好讲的呢。比喻不可以沟通的两种人就不要硬扯，白白浪费时间与精力。

三三两两散在半山腰的男人女人，自由组合的小范围聊天也是，很自然地，女人向女人靠拢，男人和男人扎堆。女人谈服饰、美容、孩子，男人谈时事、赚钱、探险。偶有男人喜欢扎在女人堆里耍，女人们背地里其实挺瞧不起他的。我有个女朋友就曾以鄙夷的口吻，谈论他们三女一男牌局里的那个男士。她说："总是在我们女人堆里混，你以为他会多有出息？"当时，我还挺看好他的，很有与他交往的意思，被她如此一说，立即打消了念头。

那么，经常在男人堆里混的女人，男人怎么看她？我不知道。但我知道女人们很烦这样的女人。一来那堆男人里，有可能有自己的老公或者情人，她当然会担心他们有被这个女人勾引的可能。二来呢，是嫉妒。就像明明是一只鸡却混在了鸭群里，而且好像还很受鸭子们的赏识，甚至喜欢。那怎么得了呢。这当然是不能被鸡们允许的。那是叛逆。

如果是一群女人和一群男人在一起，会怎么样呢？一定会有口舌之争，然后是不欢而散。极少情况下是和平共处，或者男人占了上风，女人群体保持缄默，以显示耐心。或者就是女人占了上风，男人群体保持沉默，以显示风度。

可是，一个小家庭里的男人和女人怎么相处的呢？吵归吵，好归好，转身对外面时，女人会说，给他一点面子算了。男人会说，好男怎么和女斗，让她一点好了。夫妻之间是不谈《红楼梦》的，因为女人读出的是哥哥妹妹的眼泪，男人读到是权术斗争的血腥。

而尤其是，谈到情和性的时候，男人和女人，真的就是“鸡同鸭讲”，有什么好讲的呢。

我曾经收到过一则搞笑的短信。主题是：结婚前与结婚后。

结婚前：

他：万岁！终于到来了！我都等不及了！

她：我可以离开吗？

他：不，你甚至想都别想！

她：你爱我吗？

他：当然！

她：你会背叛我吗？

他：不会，你怎么会有这样想法？

她：你会吻我吗？

他：会的。

她：你会打我吗？

他：无论如何都不。

她：我能相信你吗？

然后是结婚后。从下往上看。

她：我能相信你吗？

他：无论如何都不。

她：你会打我？

他：会的。

她：你会吻我吗？

他：不会，你怎么会有这样的想法？

她：你会背叛我吗？

他：当然！

她：你爱我吗？

他：不，你甚至想都别想！

她：我可以离开吗？

他：万岁，终于到来了，我都等不及了。

呵呵，我笑了足有一刻钟。不管什么时候想起来，还是会忍不住大笑，真的是智慧在民间。我至今不知道原创者是谁，但是，他或者她一定是对人性极其悲观的。女人要和男人讲道理、谈感情，很多时候就是鸡同鸭讲。

我印象深刻的是有一天我读一本书，是一个著名男人的心路历程的自传。他说，他深夜读书的时候，有好几次听到布帘的背后，熟睡的妻子在睡梦里哭泣。他说，他不知道妻子在哭什么，因为什么而难过，因为妻子从来不和他说。那时候，他们刚到北京，上无片瓦，下无立足之地。妻子一个人在外面工作，心理压力一定很大，但是，每天早晨妻子醒来后，都是面目和顺的样子，并没有过度的忧伤在脸上。

我记得，我当时的阅读感受是有点茫然，甚至有一点点愤怒。因为，我刚好碰巧认识这一对夫妻。这个贤惠善良、平头正脸的妻子，站在她老公身边，绝对是给他加分的。可是，他对她很不满，已经有微言细语。

后来，很偶然地，我与这个妻子有过一席之谈。我惊讶地发现，这个妻子从来不读丈夫的作品。对丈夫寒夜写作、酷暑读书她也不以为然。丈夫的书房里，经常有文人墨客来通宵清谈，她也觉得是疯子作为，并为他们打扰了她和女儿的日常生活而颇有不满。因为丈夫的收入很不稳定，有很长一段时间是她在支撑家里的经济房梁，她不说什么，并不表示她心里没有怨气。现在，她老公出名，她也没有大惊小怪。有一群小美女经常来找她丈夫谈文说艺，她和颜悦色地招待，却完全没有兴趣听他们在谈什么。

可是，这并不妨碍他们成为一对夫妻。相敬如宾的另一面，是同床异梦地过日子的平淡。不敢说是冷漠。只是平淡。

过大年

前几天，古稀之年的老母亲从南方托人捎来一双手缝的大红棉鞋。

我差点喜极而泣，把厚实松软的红棉鞋抓在手里，舍不得松手。终于想起应该穿上试试，还真是合适。于是，热泪就真的饱含在眼眶里了。

想起小时候，最开心的就是过年。因为，这意味着，终于有了盼了一年的新棉袄、新棉鞋。不过，好像，每当过年的时候，大人都会很紧张。尤其是掌握家里经济命脉的母亲，总是愁眉苦脸，说是过一个年，上上下下、里里外外地一打点就是好多钱。不花钱肯定也是不行的，因为，不体面。

所以，尽管母亲发愁，到了年三十晚上，我们四兄妹总还是得了新鞋子新棉袄穿，口袋里还有一点点压岁钱。饭桌上的大鱼大肉，也可以放着肚子吃。我们家借钱过年的日子是从没有过的，但是，过了年以后的日子就要清苦一点了。用母亲的话来说，一分钱要掰成两半花。

多少年过去了，现在日子好了，每天丰衣足食，过年在我却成了一个难关。不知道是从哪一年开始，我下决不再千里迢迢地回家过年了。因为，父母亲憋了好几年才终于肯对我说："如果你还是一个人，往后就不要回家来过年了吧。每每看到你一个小女子，拖着一只大箱子，风满兜、尘满面地回家来，我们心里都不痛快。什么时候你有男朋友了，我们欢迎你们双双回家过大年。

那一刻，我很伤感，又很释然。

伤感的是，我在一瞬间觉得，自己怎么就像一个衣衫褴褛的穷亲戚一样，被众人排除在欢声笑语、烟花爆竹的家门外。释然的是，我终于不必因为考虑父母双亲的心情，而进行几乎可以说忍辱负重地每年一趟的艰难旅程了。

因为，过年回乡，难免在亲朋老友之间走动，深陷在家家夫妻成双、有儿有女的天伦之乐的海洋里，落寞的心情是可想而之的。更可怕的是，不论长幼尊卑，只要他是结了婚的，似乎谁都可以直截了当地以关心的语气、怜悯的眼神质疑你："你怎么还是一个人呢？"那一刻，我觉得我是被全世界抛弃了的。

可是，我还是要说，没有一个女人抱定了是要单身的。在我周边，差不多每十个白领女子中，就有三四个是单身的，甚至更多。自古以来，没有嫁不出去的女子，只有娶不到老婆的男人。内心骄傲的我们，一直在期待与我们心智相匹配的那个命中的男子姗姗来迟。至今单身，不是出于无奈，就是被迫屈从于命运的安排，终究还是无奈。单身女人怕过年，所以，单身女人不过年。

离过年还有好长一段日子呢，我们单身女人就纷纷策划着“大逃亡”了。最直接的“逃亡”方式是以比平时多得多的钱，买了飞机票到一个风景优美的地方把自己受伤的心灵深埋起来，假装心情很模糊也很快乐。

性情温和的会三五结伴同行，快乐的元素就会多一点。如果是一个更喜欢清净无为，忍受不了长假期间大道小路上人满为患的单身女人，她会选择往另一个方向“逃亡”——逃到自己的心灵深处，筑一个窝。窝里有一堆网上购来的书，有哲学的，有言情的，也有美色美味的菜谱。还可以从网上订一堆电影、电视剧的光碟，给自己一个视觉的盛宴。这个长假就可以活色生香地混过去了。

当时还在秋天里呢，我与几个文友游玩，其中一个是同乡。不知道怎么就说到了过年。他说，过年他是一定要回去探望父母双亲的。我笑笑，沉吟片刻才肯告诉他，我宁愿春花三月的时候回乡踏青。他黯然，然后很义气地说："要不我假扮你的男朋友陪你回家过年如何？现在网络上很流行的，就是找一个女朋友男朋友回家过大年。哄老人高兴呗。"

他真是侠肝义胆。可是，接下来的戏文怎么唱呢，父母会一天三个电话地"追杀"我："我那个乘龙快婿你把他如何了呢？"让他们空欢喜一场吗？是戏终究会唱砸的，不如不唱吧。

在新旧交替、爆竹声声的除夕之夜，人人欢喜，个个快乐。普天同庆，我们也快乐。因为，希望总是有的。我也快乐，因为今年，母亲亲手缝制的、厚实松软的大红棉鞋陪我过年。好温暖的感觉，此时此刻就已经在我的指尖荡漾、流淌。

书可读，可不读

关于读书，我佩服两类人：一类是什么书都不读的人；一类是饱学之士，什么书都读。读书是他们的第一需要。前辈老作家孙犁就是。他说，三天不读书就俗，就不知道怎么开口说话了。

什么书都不读的人，我父母也算是。虽然，他们不读书是因为识字不多。渐渐家里有了收音机和电视，大小事情，想知道的也都知道了。读书似乎就没有太多必要。但是，他们是敬畏读书人的。在他们眼里，我算是一个读书人。我离家十多年，他们把我的书以及有字的本子什么的，收拾保护得像文物似的，十分珍重。

但我对他们是敬畏的。不仅仅因为他们是我的生身父母，更因为，很多我至今半懂不通的人生大小道理，他们早就明白无误地告诫过我。只是我愚顽，当初不懂，现在有点懂了，是吃了多少苦，一点一点地历练与醒悟过来的。

因为他们，我明白，智慧在民间的说法是多么放之四海而准确。我在台湾作家胡茵梦的书里读到这样几句话。她说：“我时常从这些出身贫苦的人身上看到人类真正的毅力，和一种非知识性的、没有任何包袱的聪慧。那种自小磨砺出来的生存能力和落实于生活的勇气，才是我的最佳典范。”我深以为是。

我有个女朋友，她经常感叹的一句话是：“我所有的良好品质与美德都是童年的时候，在山东乡下奶奶身边生活的那几年得到的。”她每过一段日子就要回山东待上几天，紧张的神经与心灵由此得到真正的放松与呼吸。

我很佩服身边的两个女朋友。她们一个写小说，一个写诗。都有正式出版的长篇小说与诗集，圈里人也都知道她们。但是，她们居然就是不喜欢读书的人。不仅不读书，也不看电视，不听广播，电影也很少看，因为没有时间。她们看我花费大量的时间与金钱来买书、读书以及痴迷电影，颇不以为然。她们认为这是浪费有限的人生。她们全部的写作灵感来源于心灵的直觉、每天的日常生活以及身边人的七情六欲，她们觉得足够了。已经太多了，太满了。身边的每个人都是一部看不完的书。读书不如直接读世道，读人心。

她们甚至也不是很刻意地与所谓的大自然亲近，放了长假就四处观光的行为，她们同样也不以为然。她们觉得自己家门口的树，渐绿又渐黄，通过一年四季的变奏就很可以窥探自然的秘密了。餐桌上的蔬果变迁，秋寒添衣，春暖减衣，等等，就是自然知识的呈现，只要敞开了细胞去感受就可以了。如果千里迢迢跑到野岭荒山里去，才算是阅读大自然，那不是太可笑了吗?

在她们面前，我经常觉得惭愧。让我惭愧的另一类人，就是以读书为人生第一需要的饱学之士。孙犁是一个。虽然我不认识他，但我身边就有好几个人也是如此以读书为人生第一需要、第一享受的读书人。可以食无肉，不可居无书。一本书的得到与失去，情节严重时甚至会让他们癫狂。

前几天，我到一个朋友的家里去，看他神色不佳，探听之下才知道，有一本旧版本的小书被朋友借走了。然后，他去索要，朋友却说书找不到了，愿意以金钱赔偿，让他开价。他二话不说掉头就走了，失眠了两个晚上，内心很不爽。因为，无论是朋友想占为己有，还是真的不小心弄丢了，他都很难过。他为自己居然把爱书出借而后悔，进而难过，也为自己居然有如此不良居心与行为的读书朋友而感到羞辱。

书是读不完的。所以，饱学之士基本都练就了一目十行，甚至一目一页的技能。我上海的一个教授朋友就是如此。说到他，圈里人没有不佩服的。他的书太多，而正好钱也多，就在城市的另一边买了新房子，把太太和小孩送到那边住，旧公寓就成了他的书房。现在已经是书进得去，人进不去。只给自己看书写字留了方寸之桌。去年，我准备绕道上海的惟一的理由与心愿，就是想参观一下他著名的书房，他断然拒绝了。这让我很惭愧，觉得交情不够，就贸然提非分要求。

不过，他真正让我佩服的不是他的藏书量，而是他饱学的能量。这需要两方面的能力。一是读书的速度，即他自我的阅读训练到现在所具备的一目一页、了然于心的本事。二是更加重要的，是他在读书，而不是书在读他。他没有书越读越呆，成为思维僵化迟钝，所谓食古不化的书呆子，而是越读越聪明，越读越有趣，成为一个学富五车、言语风趣、智慧达观的知识分子。借用某位学者的话，他成为一个有承担的旁观者，一个有倾向的提问者，一个思想者。

听君一席话，胜读十年书。这句古话用在他那里一点不为过。而且，正因为如此，我才知道，原来古人的这句话真的是有可能的呢。

从前有座山

从前有座山，山上有座庙，庙里有两个和尚。小和尚央求大和尚讲故事，大和尚就讲了：

从前有座山，山上有座庙，庙里有两个和尚。小和尚央求大和尚讲故事——

如此循环反复地讲下去，永远是从前有座山。这是孩提时经常玩的游戏之一。那时候只要谁开口讲从前有座山，大家就笑，就抢着说下去，说得我们自己开怀大笑，口干舌燥不想说了为止。

那时候大家只是觉得好玩。可是，多少年过去了，现在想起来，这个类似童谣的歌词，很有寓意，很深刻，很宿命。多少年里我们不得不爬了多少山，已经不记得了。还有多少山必须要连滚带爬地过去，也不知道。我们好累。可是，我们还在爬。也有不想爬的，比如，前不久自杀身亡的某诗人。再比如谁谁谁，已经疲惫不堪，实在爬不动了，就想死了。因为，我们已经知道，有些山我们是永远也爬不过去了。

我也不想爬了，好累。虽然这只是瞬间的软弱，但如果软弱的频率越来越高，我就有理由担心在某一次巨大的软弱侵袭之时，我会不会像他们那样，最终以惨烈的方式让自已永远地软弱下去，成为一个永恒的软弱的结果。

不过，从前有座山，有座大家心向往之的山头，水泊梁山。一百零八个男男女女从四面八方会聚梁山。梁山鼎盛时期的老大是及时雨黑三郎宋江。宋江有个忠心耿耿的仆从是黑旋风李逵。自从李逵跟随宋江哥哥上山以后，他每天高兴得像小孩子过节。孝顺的他享了福之后，马上想到还在受苦的老母，就专程下山。在他背着八十岁的老母上山的路上，白发苍苍的母亲问：“儿啊，你要背我到哪里去呢？”

李逵说：“我背你去一个好地方。那里兄弟们天天在一起玩耍，大碗喝酒，大快吃肉，大秤分金分银。”老母笑了笑说：“儿啊，你要这么说，我反倒不信了。世界上哪有这样的好地方呢？”李逵着急地说：“去了就知道了。”

可惜，老母至死也没能到达如此美妙的梁山。在李逵为口渴的母亲去找泉水喝的时候来了两只老虎，把母亲生生给吃了。李逵哭得肝肠寸断、惊天动地。可是没有用，母亲已经死了。她至死也没能看到儿子李逵所说的快乐和金银齐齐堆成山的梁山。

也只有一根筋的李逵以为梁山是天堂福地。黑老大宋江自从第一天坐上头把交椅的那时那刻，就在忧虑梁山的前途，忧虑包括他自己在内的一百零八个弟兄的生死未来。不能坐吃山空，也不能世世代代都做草寇强盗。所以，他在梁山最为鼎盛的时候，就策划着把梁山卖了，卖给当局，不仅要把自己和众弟兄的颜色洗白，还想以此博取更大的名与利。

可是，这谈何容易呢？就像电影《教父》里的教父一样，他也想把自己洗白，可是，一遭为黑，如何能白呢？也有人想方设法不让他们白。他最心爱的女儿在歌剧院的门口被暗杀，其实是误杀，杀手要杀的是黑老大教父。

宋江也是，在被朝廷利用，火拼方腊之后，一杯御赐毒酒要了他的小命。临死前，宋江找来李逵，命他喝下毒酒，算是找了一个开路的小鬼陪自己入阴间地狱。可怜的李逵，临死之时不知道有没有想起老娘的话来："儿啊，你要这么说，我反倒不信了。世界上哪有这样的好地方呢？"

各路英雄投奔的梁山，其实也只是一个小社会，五脏俱全，所以，五毒也俱全。没有世外桃园，也没有清平世界，只有拿生命做赌注，博弈生存机会的、暴力与阴谋的乱世。不过，小说《水浒》最让我惊心的不是宋江与李逵被人毒死，而是花荣和吴用在宋江的墓前投环自尽。

花荣和吴用，一个有勇，一个有谋，且都已经在花花世界有个一官半职，丰衣足食，有家有业，干吗如此灰心，以至于自取灭亡？身经百战、攻城掠地、侥幸偷生，却到头来万念俱灰，要去寻死呢？

因为他们心里的那座山，也已经消失了。以前，人人心里有座山，叫梁山。走投无路了，还有个投奔的去处。可是，现在连这样一个乌托邦世界也彻底子虚乌有了，心力耗尽，不死也是行尸走肉，死就死了吧。

不过，我还是比较喜欢美男子燕青的结局。类似范蠡与西施。功成身退，被刀剑毁了容颜的燕青打算一个人悄悄地远走他乡，钟情于他的大宋第一绝色美女李师师适时赶到，登上他的一叶小舟。小舟从此逝，江海寄余生。就很好。

当然，这是电视剧《水浒》编剧的意思。小说里的燕青也就是隐姓埋名，混迹江湖罢了。即使这样，也是好的，也比花荣和吴用心理承受力强，想得开。山在那里，死活要去爬，是一种人生态度。不爬呢，绕着走，像燕青那样，也是一种人生态度。

所以，夜深人静之时，想起那些自杀的诗人，潸然泪下之余，也不禁为他们扼腕叹息。很多时候，心里有座山，爬不过去，也绕不过去的时候，你怎么办呢？

写到这里的时候，原本已经可以结尾了。可是，了犹未了。我心里总系着这座山，还是觉得应该再絮叨几句话，心里才舒服。是关于梁山上的女人。

《水浒》里的女人要么不得好死，要么不得好活，最后，终究还是一个死。而且大多是一个横死。心理扛不住，自己去死，或者别人把刀架到了脖子上。只因为，她们的头上、心上，比那些爷们多了一重山。

这是一座爬不过去也绕不过去的大山。

宋江杀死阎婆惜，是她自己找死。武松杀死潘金莲呢，她该不该死，我不好说。但是，潘巧云着实是有点冤枉的。她也只是因为丈夫是个工作狂，夜夜值班，那个师兄和尚又是她的旧相识。而且，好像她总共就风流了两个晚上。

电视剧里的潘巧云要比小说里的她多了很多现代感。她知道师兄的死讯之后泣不成声，因为绝望，主动请死。她的老公杨雄不忍杀她，说：“只要你不承认偷情之事，我就放过你。你我还是夫妻。”可是，她冷笑说："师兄已死，我也不想活了。你去和你的刀剑睡觉去吧。我和你做夫妻两年，还不如和师兄的两夜来得快活。"

编剧真是够胆。因为，其实在施耐庵的原著里，潘巧云是连哭带跪，苦苦哀求都没有用，最后连带着她的贴身小丫鬟也被陪杀了。小说里有这么一句话，"杨雄又把这妇人七件事分开了"。浓郁的血腥味透过纸背，又透过多少年的人世沧桑，铺天盖地直扑过来。他杀得是那么理直气壮、穷凶极恶，只因为他是她的丈夫。

真正让人悲怜的是色艺双绝的扈三娘。可惜，红颜薄命，家里上上下下几十口人被梁山好汉李逵斩尽杀绝，她为苟全性命于乱世，只得答应嫁给梁山第一好色之人王英——一个既没有林冲的英武，也没有武松的勇猛，更没有燕青品貌的小角色。真是替她不甘心，为她揪着一颗心。日日生活在一群杀父的仇人中，她一定生不如死吧。

最后，她为了与她完全无关的一场战争冲锋陷阵，死在乱军之中。说与她无关是因为，即使她侥幸千难万险活了下来，也还是一个委曲求全的她，难道皇帝老子会给她一官半职？难道她能脱离男权世界的梁山，建立自己的女儿山，成全她自己的光荣与梦想？

当然不能。

面包、土豆和韩剧

长假漫漫，我无所事事，只好把电视机的遥控器摁来摁去眼睛扫描，只希望有几个画面能够吸引我，把我从抑郁中拯救出来。果然，有了。

明亮、干净、糖果般美丽的电视画面上，一靓女一俊男衣着得体、华丽，一如他们相视的甜蜜微笑。只听高富帅男子对灰姑娘女子深情款款地说：“你知道我有多爱你吗？多看你几眼我都怕伤害你。甚至，我都不敢使劲地瞪你一眼，因为，我怕你会因此消失。”

然后，画面一转，是灰姑娘的母亲，一个饱经沧桑的单亲妈妈面对多年失散的初恋情人的真情表白。情人带她到自己的大豪宅里，然后拿出一枚大钻戒情深意切地说：“这个大房子我一个人住了十多年了，太宽敞冷清了。我希望你和孩子们来一起住。你一个女人带大了两个孩子多么不容易啊，请让我在有生之年来照顾你和孩子们吧。”

单亲妈妈因为幸福来得太突然而不知所措，初恋情人沉吟良久，说：“这么多年你一直在我的心里，从来没有离开过。但也许是我一个人生活太久了，都不知道怎么表达我的心意，就请再认真考虑一下吧。拜托了。”说话的男人是身为大企业董事长的富豪，重量级的钻石王老五。

这就是韩剧的力量。每个画面都像广告片一样透亮、完美。每句台词都深入人心最柔软处。而且，好人尽管被命运驱使，委曲求全，吃尽苦头，可是，总是会苦尽甘来。坏人虽然逞一时之威，可是，终究会身败名裂，或者在最后一刻悬崖勒马，重新做人。而且，剧中与男女主人公处处作对的长辈，原来也是有不得已的苦衷的，他的出发点原来只是为了他们好而已。

对于我们这些生活中的小人物来说，也许白马王子忠诚不二的完美爱情、大宅豪车、名牌服饰，触不可及，韩剧却毫不含糊地给我们提供了生活的一种可能性，想象的可能性。假如生活的贫乏，让我们连想象一下幸福的能力都没有，那才是真正的残酷人生啊。

我们爱韩剧。

尽管我们知道韩剧都是骗人的，是电影大工业流水线上生产出来的产品，可是，我们依然爱，像爱巧克力一样地爱韩剧；像每天要吃面包、吃土豆一样地看韩剧。因为，韩剧能够填补我们情感的饥寒交迫。韩剧替我们伸张正义。我们因生活所迫一再放低的道德底线，在韩剧里一点一点得到了回升。我们因命运驱使一次一次被摧残被沦落的人性，也在韩剧里得到了一点一点的救赎。

说起来也许很是可怜，也很可笑，竟然是韩剧添加了我对这个世界的信任和信心。因为，在韩剧里，善良和诚实被正面放大，得到首肯和弘扬，丑恶和贪婪被明确地谴责和唾弃。所谓爱憎分明，正义在我，我必不放过一个坏人，也决不冤枉一个好人。勤劳的人得到财富，懒惰的人惨遭淘汰。然后，永远是快乐幸福圆满的大结局。韩剧语重心长地教导我们，什么是时尚，什么是得体，什么是爱。

我几乎只在韩剧里，看到小辈对长辈说话都用敬语；看到他们说到心爱的人的名字时也用尊称；看到他们每一次的低眉，每一次的回眸，都那么地上心。他们的家或大或小，无不整洁敞亮。他们个个都会穿衣打扮，举止得体，进退有度。更不要说，为了心爱的人的平安幸福，他们愿意隐忍一切，甚至赴汤蹈火，视死如归。

所以呢，我几乎每年都会消费一到三部韩剧。每当完成一件劳心劳力的工作之后，我犒劳自己的大餐里，必定有一部韩剧。随心所欲两三天，什么都不想，什么都不做，就猫在沙发上看看韩剧。如果谁有幸被我邀请一起看韩剧，那一定是我特别亲近的人，是口味相近的人。

漫漫冬夜里，如有韩剧的陪伴，那就是一壁不熄的炉火啊。所以，饿了就去吃面包、土豆，闷了就去看韩剧吧。备一盒纸巾，免得在痛哭流涕的时候手忙脚乱。备一篮牛奶、水果、面包、土豆片，免得为了寻觅饮食不得不中断剧情。有时候我突发奇想，认为这个现实世界之所以如此寡淡，人情冷漠，是因为所有的人类情感，都被天才的编剧网罗到韩剧里去了。难怪我很难遇上呢。那就老老实实地看韩剧好了。即使是做做白日梦，也总比没有梦要好吧。

不过，比起偶像剧，韩剧的大部分作品是很接地气的。比方说，长达五十四集的《大长今》我一集不落地追着看完了。除了剧情的跌宕起伏吸引我之外，我还着迷于剧中的韩国料理淋漓尽致的美感和似乎可以传导到舌尖的美味，可以说，完全颠覆了我对厨房的概念。原先未进厨房就已经觉得苦不堪言，一日三餐基本上都是瞎凑合的我，开始尝试亲手做羹汤。几年的实践过来，如今我的几个家常菜是拿得出手招待朋友的。当然，最重要的是自己受惠多多，把朋友们的胃撑满之前，先把自己喂养得活色生香了。其实，做饭是一门学问，更是一种心意。对自己，对人生的心意有多真诚，就会在一日三餐上花去多大的心思和时间。可是，谁知道呢，这一切的觉悟居然是源于一部韩剧。

也是这部韩剧，让我对以前了解不多的中医重新打量。因为剧中的大长今刻苦演习医术，成为朝鲜王朝第一位女御医官，她就是以中医为基础，打磨摸索出来自己的一套本事的。一部高质量韩剧的容量厚重广阔，从容不迫地讲故事发展情节的脉络，基本上是以生活的细节来呈现的，所以，看韩剧的过程，对于虚怀若谷的聪明人来说，也是一个学习的过程。也可以说，我看韩剧不仅不浪费时间，还获益良多呢。

悠悠假期

有一年我假期回乡，正好赶上高中同学会。同学们基本上都结婚了，或者离婚了。只有坐在我旁边的一个男同学是未婚，而我也是单身。后来我才知道，座位是负责组织的一个女同学特地安排的。她的善意温暖了我。但是，真是辜负她了。

我和这个男生也私下约了见面聊过。彼此都不是自己期待的人，就相约还是做同学吧。因为知根知底，所以，到对方所在的城市办事或者旅行的话，就理所当然地成为对方客厅里的沙发客。来来去去地，也很自然。

有一次，他半开玩笑半认真地说："你既然来度假，为什么不把我也当作一个旅游景点来个深度游呢？"我笑笑，婉拒说："男人和女人的思维方式就是如此地不同啊，男人呢，无意和对方结婚，但渴望上床。女人呢，如果没有与之上床的兴趣，那肯定是不会想到要和他结婚的。我和你嘛，还是清清爽爽地做同学比较轻松自然。”

他想了想说，确实是。然后，很客气地把床让给了我，自己睡沙发。我谢了他，下意识地把房门锁上了。《圣经》里说，如果你不把自己的箱子上锁，那么，就是引诱别人犯罪，所以，你也是有罪的。

第二天早晨，吃早餐的时候，他笑得很坏。意味深长地问，睡得还好吗？我也别有深意地回答说，很踏实啊，从来没有过的踏实。

又有几年过去了，他还是单身，我也还是未婚。他有一次出差到我邻近的城市，就顺道来看我。喝茶的时候，他问我过得好不好。我说好。他再问，怎么个好法？我想了想说，无所事事，无风也无云，在我的字典里就是好的意思了。

他说，如果我们到六十岁还都是单着的话，我们就结婚吧，互相做个伴。好不好？我算了算，距离六十岁还有好多个好多个春夏秋冬，以及无数个未知数，不如先答应了再说。就一乐，说，好吧，算是点头同意了。彼此都知道是句玩笑话，都没有当真。但是，茶桌上却因此而滋生出了一点心有戚戚的惺惺相惜感。再加上酽茶，他有点醉茶的了，不知不觉地吐露了很多隐秘的往事，还都是情事。

刚刚过去的情事里的女主角是一个发廊妹。是他住所附近的一家发廊，不大，但干净整洁。她很年轻，是从偏僻的乡下来的。他很怀疑她是不是已经满了十八岁。她非常聪明，她的手柔韧相间，轻重有度，洗头或者按摩头部肩部时，他很享受，也很享受年轻女孩身上散发出来的汗香。他在事先准备好的小费里夹带了一个纸条，上面有他的手机号码。

这个女孩上勾了，也上当了。第三次请女孩吃饭的地点，他有意安排在楼上是住宿的饭店里。女孩喝多了，没有说什么，就和他上楼了。女孩很安静，没有一点就此要挟他的意思。后来他们就同居了，前后有一年的时间。女孩以为早晚会和他结婚的，她遇到的是真命天子。而他也就顺水推舟利用了她的天真单纯，过一天，玩一天，赚一天。他从来没有动过结婚的念头。他只是在度假，悠长的假期。有人做饭，有人陪伴，很好。

女孩终于明白了，绝望了。有一天他下班回家，发现女孩的东西统统不见了。他给她买的衣服化妆品等，她带走了。他给她的不多的钱，她也带走了。但是，他的东西，她都没有碰。也就是说，她带上她应得的那部分财产，远走高飞了。临走，还把锅盆碗筷收拾干净，归置整齐。他真是幸运，没有娘家兄弟挥刀来砍他。他也就难过了几天，因为这几天的难过，内心里觉得也算对得起她了。他从来没有想过要去找她，因为这个结局比他想象的还要好。他没有被逼到破财消灾的地步。他也没有让这个女孩流产什么的，他也不算是坏人吧。他安慰自己。有时候，他也想，他对于这个女孩算什么呢，一次历练，一次爱情，还是一次教训？

他不懂，也不愿意去多想。世道就是如此，他不比身边的男人更好或者更坏。这个善良幼稚的女孩总是要长大的，她遇上了他，虽然不能算是幸运的，但肯定也不是最坏的。她以后也许会怀念他的。毕竟，他想，这一年里他也教会了她很多东西，比如电脑、上网以及都市的人情世故。在这个城市里，她是一只流浪小猫，他呢，也不过是一只流浪老狗。他利用了她一年的感情和身体，他也算是庇护了她一年。他不知道，她后来有没有回头来找过他，因为，他搬家了。

他的故事耐人寻味。以至于过去很久了，我还是经常地想起。不是因为职业的关系，而仅仅因为我是一个女人吧。是出于同性间的同情和同理心。如她这样，很本分很努力地工作，寻求生存机会，所谓谋生也谋爱，却在这个城市里零起点，身无立足之地的女孩，比比皆是。若干年后，她们是成为杜十娘，还是成为一个幸福的妻子和母亲，有时候，恐怕不是她们自己能说了算的。她们以为是活在自己的人生里，却不小心活在了别人的假期里。

但是，我和这个老同学的联系慢慢少了，后来就没有了往来。可能是他觉得我了解他太多了。虽然茶后失言的事，他再也没有发生过。

附录

阿琪：对爱情，我已经基本不抱希望

文/ 花仙子

说起来，我是阿琪的读者。伊始，是因为结识的缘故，但演变到后来，每坐国内航班，都会刻意在报刊杂志上寻找她的专栏文章，与她神交于白云蓝天之间。寻不着，便有几分失落。因为，我从她的文章，已由相识而渐渐相知起来。

第一次遇见阿琪，是在几年前的桂林书展上。那次聚会，她不仅有新书发表，而且还担任出版社新闻发布会的主持人。感觉到她是一个古典又兼现代的女子，保守之中也会有点出辙。后来，在北京，上过她在网易主持的名人访节目。此外，她还应一家女性杂志邀请，写过一篇对我的访谈，这些均使得我更加确立了对她的第一印象。

之后，我到访北京，两人总会一起逛逛公园，找找美食，聊聊人生。于是，我对这位在北京独自行走多年（阿琪语）的南方女子，产生些许片面且个人化的解读。倘若不是为她的新书写评论的因由，这些想法不会诉诸文字；倘使不是在读着阿琪的现代都会女子的生存实境和心灵世界，甚至是自己曾经走过的路，我会保持缄默。

阿琪的文字流丽生动，最难得的是笔端时时显现的真情实性，由文章表面的妩媚含蓄，进入到种种女性问题的深层核心。虽然，谁也无法对人生诸多问题给出答案，但忍不住把由于阅读而思忖的想法做出一点归纳和总结。无它，仅仅是出于一个妇女运动退隐者的本能反应。

首先，要谈谈生存境地，尤其是女性的景况。

二十一世纪是一个忧郁症的年代，仰赖“百忧解”的人似乎越来越多了。生活在这个大而无当，已经基本不适合人类生存的北京城，却无处可逃（阿琪语），想必是普遍的心声。不过，对于一个洁身自好、自律甚严，生活脚步根本慢不下来，连疏懒一下都会自责的女性而言，压力之大，自不待言。然而，换到一个陌生的地方重来，似乎也只是一则美丽的幻想。因为，幸福不在此时此地，也未必在他方。不管前往何处，也是逃离不了自己的。

难道忧郁症在南方的山乡水镇就不会犯了吗？忧郁乃常态，疗治却有方。否则，焦躁惶恐，厌世种种症状，尤其是对于在家工作幽居的人，具有莫大的杀伤力。

阿琪审慎、认真、聪慧且有领悟力。想必，她早已经体会到更接近幸福的方法，惟求一个“心悦体适”，毕竟是不需要那么多条件的，何况她“工作进取”，且能“小富即安”（引号内皆为阿琪语）。因为，如她的女友想变成富人沙发上的大猫，她自己想要成为南方湖边的一棵大树，都是不可能的事情。

再者，便是阿琪在书中常常关注的爱和性的话题。

鲜明地记得，一日，驰车郊外，阿琪问及我对一个男子坦承自己解决性问题的手段是嫖妓的观感。我了解她的忿忿不平，其实是出于捍卫美好的情欲。这个男人虽然说了大白话，但是，毕竟缺乏高级情调。然而，这件事所透露出来的讯息，就像阿琪在《荷兰小帽或者法国信封》一文中所举的例子，美国电视剧《欲望城市》里的凯芮，被打翻了的手提袋赫然洒落一地的安全套一样，说明人们的性爱观念已极为开放了。

诚如阿琪自己所言，她是一个注重自我形象的人，只能闷骚，看看情色大片而已。美妙的性爱，端视有无适当的侣伴。抱持这种想法，自然对有爱之性的认同，要胜于无爱之性，甚至，许多女人连有爱无性也是可以接受的。然而，在这个多元时代，由于每个人观念不同，也只能找个同路人便是。何况，只要女人的心理和生理能量相当，亦可如法炮制，只是女人身心都放不开。

说真格的，女性自古以来即是爱痴，而花痴会被当成病的。眼看着性爱泛滥，买卖更为便宜。原先借由婚姻男子才能得到的性，约束已然瓦解，也就使得男性失去投入婚姻（批发性爱）的动力。问题是，女性在寻觅一个亲密爱人之外，尚且有身心依托的需求，尤其是作为投资婚姻的世俗考量，这使得单纯的爱与性变得更为复杂了。

正是由于男性是被要求负责任的，所以，他们才急需规避责任。我的一位学哲学的男性大帅哥朋友，因此才会高唱“性+友谊”之说。中外一样，米兰•昆德拉也制造出一个男人性爱的乌托邦。很简单，男人只要性，不要责任。他们意图把性还原成本能和本然。

在这种情况下，许多女人也和阿琪一样，“对爱情基本不抱希望”。这对于那些一生以爱情为职志的女性而言，寻爱之说，无异天方夜谈了。

第三要讲的是结婚与单身。

尽管结婚和单身利弊互现，但是，极需从单身过渡到婚姻的结婚狂几乎清一色全是女性。换句话说，女性找一个肩膀来靠的欲求，远远超过男性。像作者一样，不少女性都认为“不该一个人承担生活之艰难”，当然，谁能不同意，两个人承担生活更好呢?

对于心理上经常闹饥荒的人而言，自然会向往从伴侣身上求取安全感。可哀的是，安全感除了自己给自己，是没人能保证的。尤其对于不是选择单身，而是自然单身的女性而言，难免会把单身视为落单、剩下，甚至感到羞耻的一件事。事实并非如此，只要看看男人并不这么认为，就成了。都是人，何必让自己遭受女性法则箝制?

都说女人最擅长等待。时至今日，就别再花一生来等待真命天子的出现了。神话早已破除。那个集男人优良品质于一身的、与你身心合一的、坚强可靠的绝配，并不存在于某处，等着你来一次“革命”完成幸福人生。你只能成就自己，有朝一日，与另一个异性分担分享。那个人即使不出现，你也活得很好。

想要在第一时间，不管好歹对错把自己嫁掉的想法够积极。但，什么是结婚呢？“婚”字是女人昏了。尽管经过审慎评估，依然存在的赌博性和盲目性，却使得具有一定阅历和智力的女性踌躇不前。因为，强烈的自保意识，不可能使人发昏。何况，遇见白马王子的概率甚至少于恐怖分子。这也是为什么婚姻中出现了太多投机分子大战恐怖分子的局面。因此，结婚的事，不能只靠理智来考量。

上面依次谈到生存境地，爱与欲，以及结婚与单身。我的种种说法，阿琪自是了然于心。但是，她却选择了以扣人心弦的篇章、发人深省的故事、曼妙的文字流淌出来。她带给人们的感动和共鸣，使得作品早已超越女性书写一厢情愿的神伤，并且充满了灵动和新意。

阿琪的新书写得十分悲壮，较之以往的绵密柔婉沉重多了。尽管，写作并不承载什么，端看作品足矣。但是，明显地，她在新书中的确不仅抒写了生命之轻，也陈述了生命之重。

庆幸的是，作为自由职业者，走在写作的道路上，阿琪不仅将之视为自我疗伤，而且是一种人生出口。多么美好的意志和愿望。这样一来，如强迫症一样来访的压力、孤独和寂寞，便成为苦心孤注，灌溉成了花朵和果实。

阿琪在新书中写道：无论从身体的角度，还是文化的角度，女性都是弱势的。我却要说，弱势并不等于恒弱。写作亦非偶然得失。就像容易受伤的女人，不是因为脆弱，而是因为过于耽溺和认真。她们的哀愁来自爱的能量无法释放罢了。

她虽然声称自己只是站在女性的角度来感受思考，说自己无法超越自己的每一个细胞。然而，女性的问题，也是两性的问题，更是社会的问题和人的问题。我发现，她把写作视为战胜恐惧、战胜死亡甚至是一种维护和肯定生命价值的做法，使她自己早已成为一道独特的风景。谁又会介意性别、单身或结婚、有无儿女呢？

最后，希望我好说理的可厌劣根性不会太过于破坏情调和煞了风景。只因为，不仅仅以一个女人的立场，更以一个人的立场来说话，更接近真相。祝福，并祈愿阿琪的作品大开大合，比这本新书跳跃得更高。

后记

自求多福

文/阿琪

基本上，我一年只写一本书。

为的是保持文字的品质，也是因为内心的忧伤。这份忧伤与生俱来，在现实世界里变本加厉，因为生存的、精神的困境与无常，而常常露出它锋利的牙齿。

有时候，因为忧伤而不能成文。虽然，米罐里的米还是有的。

可是，也有朋友调侃我说："你总是在文章里说自己不开心，可是，每次读书会上见到的你，都是微笑的。"更有朋友教训我说："你的眼光与心胸不妨再宽广一点。出门去做做义工，切实帮助一两个需要帮助的人，比如街上卖玉米棒的、衣食无着的女孩，不好吗？”

他们的呵斥，让我深感惭愧。

我不是行动能力很强的人。身无长物，除了一点文字的力量之外，我一无所依。

其实，虚拟的文字世界对人的伤害也是潜在且巨大的。影像世界也是一样，而我已经深受其害。有时候，我觉得自己是从虚拟世界的视角来观察与想象身边的现实世界的，而不是相反。这种本末倒置的思维通道，导致我与现实世界的日渐疏离，经常让我在日常生活里举步为艰，甚至力不从心。

所以，有了如此这般的认知和检讨，写作我的新书就成了一个新的视角。

以生存为文字远行的起点。

事实上，每个人在成为种种主义者之前，必定首先是一个生存主义者。一缕清洁的空气，一片蓝天白云，一泓清醇的水，一只丰盈的米罐，几件可以贴身的布衣，一份深厚稳定的感情，几个友善的朋友，等等。

我们为之而伤神，我们为之而努力。

是为后记。